ANTON PAWLOWITSCH TSCHECHOW

—Eine Bagatelle—

Erzählungen von Liebe, Glück und Geld

—

Herausgegeben und mit
einem Nachwort versehen von Thomas Grob

I Hoffmann und Campe I

Aus dem Russischen von
Alexander Eliasberg und Dorothea Trottenberg

1. Auflage 2010
Copyright © 2010 by Hoffmann und Campe Verlag, Hamburg
www.hoca.de
Einbandgestaltung: Katja Maasböl
Satz: Pinkuin Satz und Datentechnik, Berlin
Gesetzt aus der Weiss
Druck und Bindung: GGP Media GmbH, Pößneck
Printed in Germany
ISBN 978-3-455-40263-6

HOFFMANN
UND CAMPE

Ein Unternehmen der
GANSKE VERLAGSGRUPPE

INHALT

−Agafja−

Als ich im S.'schen Landkreis war, besuchte ich in den Dubow'schen Gemüsefeldern oft den Wächter Sawa Stukatsch oder Sawka, wie man ihn nannte. Diese Felder waren mein Lieblingsplatz für den sogenannten »großen« Fischfang, wenn man beim Weggehen von zu Hause nicht weiß, an welchem Tag und zu welcher Stunde man zurückkehren wird, wenn man alle nur denkbaren Fischereigeräte mitnimmt und sich auch mit Proviant versorgt. Mich reizte im Grunde genommen weniger der Fischfang als das sorglose Herumstreifen, das Essen zu allen möglichen Tageszeiten, die Gespräche mit Sawka und das lange Alleinsein mit den stillen Sommernächten.

Sawka war ein Bursche von etwa fünfundzwanzig Jahren, gut gewachsen, hübsch, gesund und fest wie ein Feuerstein. Man hielt ihn allgemein für vernünftig, er konnte lesen und schreiben, trank nur selten Schnaps, aber als Arbeiter war dieser junge und kräftige Mensch keinen roten Heller wert. In seinen wie Stricke festen Muskeln wohnte neben der Kraft eine schwere, unüberwindliche Faulheit. Wie alle Leute im Dorf lebte er in einem eigenen Haus, hatte einen eigenen Landanteil, bestellte ihn aber nicht und übte auch kein Handwerk aus. Seine alte Mutter bettelte von Haus zu Haus, er aber lebte wie ein Vogel unter dem Himmel: Am Morgen wußte er nie, was er zu Mittag essen würde. Man kann nicht behaupten, daß es ihm an Willen, Energie oder Mitleid mit der Mutter fehlte; er hatte einfach keine Lust zu arbeiten und konnte den Nutzen der Arbeit nicht einsehen. Seine ganze Gestalt atmete Sorglosigkeit und eine angeborene, beinahe künstlerische Leidenschaft, in den Tag hineinzuleben. Und wenn sein junger, kräftiger Körper ein physiologisches Bedürfnis nach Muskelarbeit spürte, so gab sich der Bursche einer freien, doch zwecklosen Tätigkeit hin: Er schnitzte irgendwelche Pflöckchen, die kein Mensch brauchte, oder rannte mit den Weibern um die Wette.

Der von ihm bevorzugte Zustand war der einer gespannten Unbeweglichkeit. Er war imstande, stundenlang auf demselben Fleck zu stehen und auf denselben Punkt zu starren, ohne sich zu rühren. Er bewegte sich überhaupt nur dann, wenn der Geist über ihn kam, und auch das nur, wenn sich ihm die Gelegenheit bot, irgendeine schnelle Bewegung zu machen: einen laufenden Hund am Schwanz zu packen, einem Weib das Kopftuch herunterzureißen oder über einen breiten Graben zu springen. Es versteht sich von selbst, daß Sawka bei diesem Mangel an Bewegung bettelarm war. Mit der Zeit schuldete er der Gemeinde so viel an rückständigen Steuern, daß man ihm, trotz seiner Jugend und Kraft, eine Stellung zuwies, die sonst nur von alten Leuten bekleidet wurde: die eines Wächters und einer Vogelscheuche an den Gemüsefeldern der Gemeinde. Die Leute lachten viel über seine frühzeitige Versetzung ins Greisenalter, doch er machte sich nichts draus. Diese ruhige, für gemächliche Kontemplation geeignete Tätigkeit entsprach durchaus seiner Natur.

An einem schönen Maiabend war ich bei diesem Sawka wieder zu Besuch. Ich erinnere mich noch, wie ich auf einer zerrissenen, alten Decke dicht vor seiner Hütte lag, aus der es stark und atembeklemmend nach trockenen Kräutern roch. Ich hielt die Hände im Nacken verschränkt und blickte gerade vor mich hin. Zu meinen Füßen lag eine hölzerne Mistgabel. Dahinter hob sich als schwarzer Fleck Sawkas kleiner Hund Kutjka ab, und höchstens zwei Klafter weiter fiel der Boden steil zum Fluß ab. Im Liegen konnte ich den Fluß nicht sehen. Ich sah nur die Wipfel der Weiden, die sich auf unserem Ufer drängten, und den gewundenen, gleichsam abgenagten Rand des anderen Ufers. Weit dahinter schmiegten sich auf einem dunklen Hügel wie erschrockene junge Rebhühner die Häuser des Dorfes aneinander, in das mein Sawka gehörte. Hinter dem Hügel erlosch gerade das Abendrot. Nur ein einziger blaßroter Streif war übriggeblieben, und auch der wurde allmählich von kleinen Wölkchen überzogen wie Kohlenglut von Asche.

Rechts vom Gemüsefeld dunkelte ein Erlengehölz, das leise flüsterte und vor jedem Wind erzitterte; links zog sich unendliches Wiesenland hin. Dort, wo das Auge im Finstern den Himmel nicht mehr von der Erde unterscheiden konnte, leuchtete ein helles Flämmchen. Sawka saß in einiger Entfernung von mir. Er hatte die Beine auf Türkenart untergeschlagen, hielt den Kopf gesenkt und blickte nachdenklich auf seine Kutjka. Unsere Angelschnüre mit lebendem Köder waren längst ausgelegt, und es blieb uns nichts anderes zu tun, als die Ruhe zu genießen, die Sawka, der sich niemals anstrengte und ewig ausruhte, so sehr liebte. Das Abendrot war noch nicht ganz erloschen, aber die Sommernacht umfing schon die ganze Natur mit ihrer zärtlichen, einschläfernden Liebkosung.

Alles erstarb im ersten tiefen Schlaf, und nur ein mir unbekannter Nachtvogel ließ im Gehölz träge und gedehnt eine

Reihe von artikulierten Lauten erschallen, die klangen wie:
»Ist's Ni-ki-tas Fiedel?«, worauf er gleich selbst antwortete:
»Fiedel! Fiedel! Fiedel!«

»Warum schlagen die Nachtigallen heute nicht?« fragte
ich Sawka.

Er wandte sich langsam zu mir um. Sein Gesicht war etwas roh, aber heiter, ausdrucksvoll und weich wie das einer
Frau. Er richtete seine sanften, nachdenklichen Augen auf
das Gehölz und das Weidengestrüpp, holte langsam eine
Lockpfeife aus der Tasche, steckte sie sich in den Mund und
begann, wie ein Nachtigallenweibchen zu trillern. Sofort erklang das Schnarren eines Wachtelkönigs am anderen Ufer
als Antwort.

»Da haben Sie die Nachtigall«, spottete Sawka. »Der
schnarrt so, als ob er an einem Eisenhaken rüttelte, und dabei
bildet er sich wohl ein, daß er singt.«

»Mir gefällt dieser Vogel«, sagte ich. »Weißt du, in der
Strichzeit fliegt der Wachtelkönig nicht, sondern läuft auf
der Erde. Er fliegt nur über die Flüsse und Meere, sonst aber
legt er den ganzen Weg zu Fuß zurück.«

»So 'n Hund«, brummte Sawka, mit Respekt in die Richtung blickend, aus der das Schnarren kam.

Da ich wußte, wie gern Sawka Geschichten hörte, erzählte ich ihm alles, was ich aus den Jagdbüchern über den Wachtelkönig wußte. Vom Wachtelkönig kam ich unmerklich auf
die Wanderung der Vögel zu sprechen. Sawka hörte mir aufmerksam, ohne mit den Augen zu zwinkern, zu und lächelte
die ganze Zeit vor Vergnügen.

»In welchem Land ist der Vogel zu Hause?« fragte er. »Bei
uns oder in der Fremde?«

»Natürlich bei uns. Der Vogel kommt hier zur Welt und brütet hier seine Jungen aus; hier ist seine Heimat, in die Fremde fliegt er nur, um hier nicht zu erfrieren.«

»Interessant!« sagte Sawka und reckte sich. »Was man auch sagen mag, alles ist interessant. Ob's ein Vogel ist, ein Mensch oder dieses Steinchen da, in allen Dingen steckt Verstand! Ach, wenn ich gewußt hätte, daß Sie heute kommen, hätt ich das Frauenzimmer nicht bestellt ... Eine bat heute, kommen zu dürfen.«

»Aber ich bitte dich, ich will nicht stören!« sagte ich. »Ich kann mich auch im Gehölz hinlegen ...«

»Das wäre ja noch schöner! Sie stirbt nicht, wenn sie bis morgen wartet. Wenn sie nur ruhig dasitzen und uns zuhören würde, aber sie wird mit ihren Weibergeschichten kommen. Wenn sie dabeisitzt, kann man gar nicht ordentlich reden.«

»Erwartest du Darja?« fragte ich nach einer Pause.

»Nein, heute bat eine Neue, herkommen zu dürfen ... Agafja, die Weichenstellerin.«

Sawka sagte dies mit einer gewöhnlichen, leidenschaftslosen, etwas dumpfen Stimme, als spräche er von Tabak oder Grütze, ich aber sprang vor Erstaunen auf. Agafja, die Weichenstellerin, kannte ich ja. Sie war ein noch ganz junges Mädchen, neunzehn bis zwanzig Jahre alt; erst vor einem Jahr hatte sie den Weichensteller, einen jungen und braven Burschen, geheiratet. Sie lebte im Dorf, und ihr Mann kam jede Nacht von der Bahn nach Hause.

»Schlimm werden deine Weibergeschichten enden, mein Lieber!« sagte ich mit einem Seufzer.

»Und wenn schon ...«

Sawka dachte eine Weile nach und fügte hinzu: »Ich hab's

den Weibern gesagt, aber sie hören nicht auf mich ... Den Dummen geht es wohl zu gut!«

Wir schwiegen beide. Das Dunkel verdichtete sich indessen immer mehr, und die Gegenstände verloren ihre Umrisse. Der Streifen hinter dem Hügel war schon erloschen, und die Sterne wurden immer heller und strahlender. Das melancholische und eintönige Zirpen der Grillen, das Schnarren des Wachtelkönigs und der Schrei der Wachtel störten diese nächtliche Stille nicht, sie machten sie nur noch eintöniger. Es schien, als gingen diese leisen und das Gehör bezaubernden Töne nicht von den Vögeln und Insekten aus, sondern von den Sternen, die vom Himmel auf uns herabblickten.

Sawka brach als erster das Schweigen. Er richtete langsam seinen Blick von der schwarzen Kutjka auf mich und sagte: »Wie ich sehe, langweilen Sie sich, Herr. Essen wir zu Abend.«

Ohne meine Antwort abzuwarten, kroch er auf dem Bauch in seine Hütte und scharrte dort herum, so daß die ganze Hütte wie ein Blatt erzitterte; dann kam er wieder herausgekrochen und stellte eine Schnapsflasche und eine Tonschüssel vor mich hin, in der gebackene Eier, Roggenmehlfladen in Speck, Schwarzbrotstücke und noch etwas lagen. Wir tranken zunächst Schnaps aus dem schiefen Gläschen, das nicht ordentlich stehen konnte, und machten uns dann ans Essen. Das Salz war grau und grobkörnig, die Speckfladen schmutzig, die Eier fest wie Gummi, aber wie gut schmeckte das alles!

»Du lebst wie ein armer Junggeselle und hast doch all diese guten Sachen«, sagte ich, auf die Schüssel zeigend. »Wo nimmst du das alles her?«

»Die Weiber bringen's mir«, brummte Sawka.

»Und warum?«

»So ... aus Mitleid ...«

Nicht nur das Menü allein, auch Sawkas Kleidung verriet Spuren des weiblichen »Mitleids«. So fiel mir an diesem Abend ein neuer Gürtel und ein grellrotes Bändchen auf, an dem ein Messingkreuz an seinem schmutzigen Hals hing. Ich kannte die Schwäche des schönen Geschlechts für Sawka, ich wußte auch, wie ungern er darüber sprach, und setzte darum mein Verhör nicht fort. Es war auch nicht die Zeit, zu sprechen: Kutjka, die sich an unseren Beinen gerieben und geduldig auf einen Bissen gewartet hatte, spitzte plötzlich die Ohren und begann zu knurren. Ein fernes Plätschern ließ sich vernehmen.

»Jemand watet durch den Fluß«, sagte Sawka.

Kutjka begann nach drei Minuten wieder zu knurren und gab einen Ton von sich, der wie Husten klang.

»Ruhig!« schrie ihr Herr sie an.

Im Finstern tönten dumpf scheue Schritte, und aus dem Gehölz kam eine weibliche Silhouette zum Vorschein. Ich erkannte sie, obwohl es stockfinster war – es war Agafja, die Weichenstellerin. Schüchtern trat sie auf uns zu, blieb stehen und holte tief Atem. Sie keuchte wohl weniger vor Anstrengung als vor Angst und dem unangenehmen Gefühl, das jeder Mensch empfindet, wenn er nachts durch einen Fluß watet. Als sie neben der Hütte statt eines Menschen zwei erblickte, schrie sie leise auf und taumelte einen Schritt zurück.

»Ach so, du bist es!« sagte Sawka, einen Fladen in den Mund stopfend.

»Ja ... ich«, murmelte sie, ein kleines Bündel fallenlassend und nach mir schielend. »Jakow läßt Sie grüßen und Ihnen das da bringen ...«

»Was lügst du? Jakow?« lächelte Sawka. »Brauchst nicht zu lügen, der Herr weiß, warum du gekommen bist. Setz dich, sei unser Gast!«

Agafja schielte wieder nach mir und setzte sich schüchtern hin.

»Ich dachte schon, daß du heut' nicht mehr kommst«, sagte Sawka nach längerem Schweigen. »Was sitzt du so da? Iß! Oder soll ich dir ein Gläschen Schnaps einschenken?«

»Untersteh dich!« versetzte Agafja. »Ich bin doch keine Trinkerin ...«

»Trink nur, wirst dir deine Seele erhitzen, na los!«

Sawka reichte ihr das schiefe Gläschen. Sie trank den Schnaps langsam aus, aß aber nichts dazu, sondern blies nur laut vor sich hin.

»Hast etwas mitgebracht ...«, fuhr Sawka fort, das Bündel aufbindend und seiner Stimme einen herablassend scherzenden Ton verleihend. »Ein Frauenzimmer muß ja immer etwas mitbringen. Ach so, Kuchen und Kartoffeln. Die Leute leben nicht schlecht!« sagte er seufzend und sein Gesicht mir zuwendend. »Sie sind die einzigen im Dorf, die noch Kartoffeln vom Winter haben!«

Im Finstern konnte ich Agafjas Gesicht nicht sehen, aber an der Haltung ihrer Schultern und ihres Kopfes erriet ich, daß sie ihre Augen von Sawkas Gesicht nicht losriß. Um nicht als Dritter das Stelldichein zu stören, wollte ich etwas spazierengehen und erhob mich. Doch in diesem Augenblick erklangen plötzlich zwei tiefe Kontraalttöne einer Nachtigall

14

aus dem Gehölz. Nach einer halben Minute ließ sie einen hohen, feinen Triller los; nachdem sie auf diese Weise ihre Stimme ausprobiert hatte, begann sie zu singen. Sawka sprang auf und lauschte.

»Es ist die von gestern!« sagte er. »Warte nur!«

Wie von einer Kette losgelassen, rannte er lautlos ins Gehölz.

»Was willst du von ihr?« schrie ich ihm nach. »Laß sie doch!«

Sawka winkte nur mit der Hand, als wollte er sagen: »Schreien Sie doch nicht!« – und verschwand im Finstern. Wenn er wollte, war er ein ausgezeichneter Jäger und Fischer, aber auch diese Talente verschleuderte er ebenso zwecklos wie seine Kraft. Er war zu faul, um irgend etwas nach der Schablone zu machen, und gebrauchte seine ganze Jagdleidenschaft zu unnützen Kunststücken. So fing er die Nachtigallen nicht anders als mit der Hand, schoß die Hechte mit Schnepfenschrot oder stand manchmal stundenlang am Ufer und bemühte sich, irgendein kleines Fischchen mit einem großen Haken zu fangen.

Als Agafja mit mir allein zurückgeblieben war, hüstelte sie und fuhr sich einige Male mit der Hand über die Stirn; der Schnaps war ihr schon in den Kopf gestiegen.

»Wie geht es dir, Agascha?« fragte ich sie nach längerer Pause, da ich mich schämte, noch länger zu schweigen.

»Gott sei gedankt ... Erzählen Sie es niemandem, Herr«, fügte sie plötzlich flüsternd hinzu.

»Aber hör doch auf!« beruhigte ich sie. »Wie furchtlos du doch bist, Agascha ... Und wenn es Jakow erfährt?«

»Er erfährt es nicht.«

»Und wenn er es doch erfährt?«

»Nein, ich werde vor ihm zu Hause sein. Er ist jetzt auf der Strecke und kommt erst heim, wenn der Postzug vorüber ist. Von hier kann ich hören, wann der Zug kommt.«

Agafja fuhr sich noch einmal mit der Hand über die Stirn und blickte in die Richtung, in der Sawka verschwunden war. Die Nachtigall schlug noch immer. Irgendein Nachtvogel flog tief über der Erde vorbei; als er uns bemerkte, fuhr er zusammen, rauschte mit den Flügeln und flog über den Fluß.

Die Nachtigall war schon verstummt, aber Sawka kam noch immer nicht zurück. Agafja stand auf, tat unruhig einige Schritte und setzte sich wieder hin.

»Wo steckt er denn?« fragte sie ungeduldig. »Der Zug wird ja heute und nicht morgen kommen. Ich muß gleich gehen!«

»Sawka!« rief ich. »Sawka!«

Selbst das Echo gab keine Antwort. Agafja rückte unruhig hin und her und stand wieder auf.

»Ich muß gehen!« sagte sie in höchster Erregung. »Gleich kommt der Zug! Ich weiß ja, wann die Züge kommen!«

Die Arme hatte sich nicht geirrt. Kaum eine Viertelstunde später ließ sich ein fernes Dröhnen vernehmen.

Agafja richtete den Blick auf das Gehölz und bewegte ungeduldig die Arme.

»Wo steckt er denn!« sagte sie, nervös auflachend. »Wo hat ihn der Teufel hingeschleppt? Ich gehe! Bei Gott, ich gehe!«

Das Dröhnen wurde indessen immer lauter. Man konnte schon das Klopfen der Räder von den schweren Seufzern der Lokomotive unterscheiden. Ein Pfiff ertönte, der Zug rasselte über die Brücke, noch eine Minute, und alles war wieder still.

»Ich warte noch eine Weile«, sagte Agafja aufseufzend und sich entschlossen wieder hinsetzend. »Gut, ich warte!«

Endlich erschien Sawka aus der Finsternis. Lautlos trat er mit seinen bloßen Füßen auf die weiche Erde und summte leise vor sich hin.

»So ein Pech!« sagte er fröhlich lachend. »Kaum war ich am Busch und zielte mit der Hand hin, als sie plötzlich zu singen aufhörte! So 'n räudiger Hund! Ich hab gewartet und gewartet, daß sie wieder zu singen anfängt, aber hab's schließlich aufgegeben ...«

Plump ließ er sich neben Agafja zu Boden fallen und faßte sie, um das Gleichgewicht nicht zu verlieren, mit beiden Händen um die Taille.

»Und was machst du für ein finsteres Gesicht, als hätte dich deine Tante geboren?« fragte er.

Trotz seiner Weichherzigkeit und Gutmütigkeit verachtete er die Frauen. Er behandelte sie nachlässig, von oben herab und ließ sich zuweilen dazu hinreißen, über die Gefühle zu spotten, die sie seiner Person entgegenbrachten. Gott weiß, vielleicht war dieses nachlässige, verächtliche Benehmen eine der Ursachen des starken, unwiderstehlichen Zaubers, den er auf die Dorfschönen ausübte. Er war gut gewachsen und hübsch, seine Augen leuchteten immer still und freundlich, selbst wenn er die von ihm so verachteten Frauen ansah. Aber seine äußeren Eigenschaften genügten nicht, um diesen Zauber zu erklären. Es ist anzunehmen, daß außer dem vorteilhaften Äußeren und der sonderbaren Art, mit den Frauen umzugehen, auch seine anrührende Rolle als des von

17

allen anerkannten Pechvogels, den man aus seinem Haus auf die Gemüsegärten verbannt hatte, so einen Eindruck auf die Frauen machte.

»Erzähl dem Herrn einmal, wozu du gekommen bist!« fuhr Sawka fort, Agafja noch immer um die Taille haltend. »Erzähl es nur, du verheiratete Frau! Ja, ja ... Sollen wir nicht noch einen Schnaps trinken, Freundin Agascha?«

Ich erhob mich und ging zwischen den Beeten das Feld entlang. Die dunklen Beete sahen wie große, plattgedrückte Grabhügel aus. Ihnen entströmte der Geruch der aufgewühlten Erde und die zarte Feuchtigkeit der Pflanzen, die sich eben mit Tau bedeckten. Links leuchtete noch immer das rote Flämmchen. Es funkelte freundlich und schien zu lächeln. Ich hörte ein glückliches Lachen. Es war Agafja. Und der Zug? kam es mir in den Sinn. Der Zug war schon längst da. Ich wartete eine Weile und ging dann zur Hütte zurück.

Sawka saß unbeweglich mit untergeschlagenen Beinen da und summte ganz leise, kaum hörbar ein Lied, das aus lauter einsilbigen Worten bestand. Agafja lag, vom Schnaps, von Sawkas herablassenden Liebkosungen und von der Schwüle der Nacht berauscht, an seiner Seite auf dem Boden und schmiegte ihr Gesicht krampfhaft an seine Knie. Sie war von ihrem Gefühl so hingerissen, daß sie mich gar nicht kommen sah.

»Agascha, der Zug ist ja längst dagewesen!« sagte ich.

»Es ist Zeit für dich«, griff Sawka meinen Gedanken auf und schüttelte den Kopf. »Was liegst du so da? Du Schamlose!«

Agafja fuhr auf, riß den Kopf von seinem Knie, blickte mich an und schmiegte sich wieder an ihn.

»Es ist längst Zeit!« sagte ich.

Agafja rückte hin und her und richtete sich auf ein Knie auf. Sie litt furchtbar. Eine halbe Minute lang drückte ihre ganze Gestalt, soweit ich im Finstern sehen konnte, einen inneren Kampf und ein Schwanken aus. Einen Augenblick lang hatte es den Anschein, als wäre sie zu Bewußtsein gekommen: Sie streckte sich und war im Begriff aufzustehen; aber eine unwiderstehliche und unerbittliche Gewalt warf sie um, und sie schmiegte sich wieder an Sawka.

»Daß ihn der Teufel ...«, sagte sie und lachte mit wilder, tiefer Bruststimme auf. In diesem Lachen klangen wahnsinnige Entschlossenheit, Ohnmacht und Schmerz.

Langsam ging ich ins Gehölz und stieg von dort zum Fluß hinab, wo unsere Angeln ausgelegt waren. Der Fluß schlief. Irgendeine weiche, gefüllte Blüte auf hohem Stengel berührte zärtlich meine Wange, wie ein Kind, das sagen will, daß es noch nicht schläft. Um irgend etwas anzufangen, zog ich eine der Angelschnüre heraus. Ich fühlte keinen Widerstand, und die Schnur blieb lose in meiner Hand hängen, es hatte sich nichts verfangen. Das andere Ufer und das Dorf waren nicht zu sehen. In einem der Häuser leuchtete ein Flämmchen auf und erlosch gleich wieder. Am Ufer tastend, fand ich eine Vertiefung, die ich mir schon am Tag ausgesucht hatte, und setzte mich hinein wie in einen Sessel. Lange saß ich so ... Ich sah, wie die Sterne blasser wurden und ihren Glanz verloren, wie ein kühler, leichter Hauch über die Erde zog und die Blätter der erwachenden Weiden berührte.

»A-gaf-ja!« klang vom Dorf her eine dumpfe Stimme. »Agafja!«

Der Mann war wohl heimgekehrt und suchte im ganzen

Dorf besorgt nach seiner Frau. Vom Gemüsefeld her ertönte ein unaufhaltsames Lachen: Die Frau hatte alles vergessen, war berauscht und versuchte, sich mit dem Glück der wenigen Minuten für die sie erwartende Qual zu entschädigen. Ich schlief ein.

Als ich erwachte, saß Sawka neben mir und rüttelte mich vorsichtig an der Schulter. Der Fluß, das Gehölz, die beiden grünen, reingewaschenen Ufer, die Bäume und das Feld – alles war vom grellen Morgenlicht übergossen. Zwischen die dünnen Baumstämme hindurch fielen die Strahlen der eben aufgegangenen Sonne auf meinen Rücken.

»So fangen Sie Fische?« sagte Sawka lächelnd. »Stehen Sie doch auf!«

Ich stand auf, reckte mich, und meine erwachte Brust begann gierig, die feuchte, duftende Luft einzuatmen.

»Ist Agascha fort?« fragte ich.

»Da geht sie gerade«, sagte Sawka und zeigte auf die Furt.

Ich sah hin und erkannte Agafja. Mit hochgerafftem Kleid, ganz zerzaust, mit heruntergerutschtem Kopftuch watete sie durch den Fluß. Sie konnte die Beine kaum bewegen.

»Die Katze weiß, wessen Fleisch sie gefressen hat!« murmelte Sawka, indem er sie mit zusammengekniffenen Augen ansah. »Darum hat sie auch den Schwanz eingezogen ... Lüstern sind diese Weiber wie die Katzen und feig wie die Hasen. Warum ist die Dumme nicht gestern abend gegangen, als Sie es ihr sagten?! Jetzt erlebt sie was, und auch mich wird man wieder am Dorfgericht wegen des Frauenzimmers bestrafen ...«

Agafja trat ans Ufer und ging über das Feld Richtung Dorf.

Anfangs schritt sie ziemlich rüstig aus, bald bemächtigten sich ihrer aber Angst und Aufregung: Sie wandte sich scheu nach uns um, blieb stehen und holte Atem.

»Das glaube ich, daß sie Angst hat!« sagte Sawka mit traurigem Lächeln. Er blickte auf die hellgrüne Spur, die Agafja im taubedeckten Gras zurückließ. »Hat keine Lust heimzugehen! Der Mann steht schon seit einer ganzen Stunde da und wartet auf sie … Haben Sie ihn denn nicht gesehen?«

Sawka sprach die letzten Worte lächelnd, mir aber wurde es kalt ums Herz. Vor dem letzten Haus des Dorfes, an der Landstraße, stand Jakow und blickte gespannt seiner Frau entgegen. Er rührte sich nicht und stand unbeweglich wie ein Pflock. Was dachte er wohl, als er sie anblickte? Was für Worte bereitete er für den Empfang vor? Agafja stand noch eine Weile da, sah sich noch einmal um, als erwartete sie Beistand von uns, und ging weiter. Noch nie habe ich einen Menschen, weder einen betrunkenen noch einen nüchternen, so gehen sehen. Agafja wand sich unter den Blicken ihres Mannes gleichsam in Krämpfen. Bald ging sie im Zickzack, bald stampfte sie mit eingeknickten Knien und gespreizten Armen auf einem Fleck, bald wich sie zurück. Nachdem sie noch an die hundert Schritt gegangen war, blickte sie noch einmal zurück und setzte sich hin.

»Versteck dich doch wenigstens hinter einem Busch«, sagte ich zu Sawka. »Sonst wird dich der Mann noch sehen …«

»Er weiß auch so, von wem Agascha kommt. Nachts pflegen die Weiber keinen Kohl vom Gemüsefeld zu holen, das weiß jeder.«

Ich sah Sawka an. Sein Gesicht war blaß und drückte ein

mit Ekel gemischtes Mitleid aus, mit dem man zuweilen ein gepeinigtes Tier betrachtet.

»Wenn die Katze lacht, muß die Maus weinen«, sagte er und seufzte.

Agafja sprang plötzlich auf, schüttelte den Kopf und ging tapfer auf ihren Mann zu. Sie hatte wohl ihre ganze Kraft zusammengenommen und war zu allem entschlossen.

–Der Glückspilz–

Der Zug hat eben die Station »Bologoje« der Nikolajewer Eisenbahn verlassen. In einem der Raucherabteile zweiter Klasse dösen, in die Dämmerung gehüllt, fünf Passagiere. Sie haben soeben gegessen und bemühen sich nun, auf ihren Sitzen kauernd, einzuschlafen. Es ist still.

Die Tür geht auf, und ein baumlanger Mensch mit braunrotem Hut und elegantem Mantel betritt den Wagen; er erinnert lebhaft an einen Zeitungskorrespondenten aus einer Operette oder einem Roman von Jules Verne. Mitten im Wagen bleibt er stehen, holt Atem und mustert aufmerksam die Bänke.

»Nein, es ist nicht der richtige!« murmelt er. »Weiß der Teufel! Es ist einfach empörend! Es ist noch immer nicht der richtige Wagen!«

Einer der Reisenden studiert den Neuankömmling lange und ruft plötzlich erfreut aus: »Iwan Alexejewitsch! Was machen Sie denn hier? Sind Sie es?«

Der baumlange Iwan Alexejewitsch fährt zusammen und blickt den Reisenden stumpfsinnig an. Als er ihn erkannt hat, schlägt er vor Freude die Hände zusammen.

»Ach, Pjotr Petrowitsch!« sagt er. »Haben wir uns lange nicht gesehen! Ich wußte gar nicht, daß Sie mit demselben Zug fahren.«

»Geht's gut?«

»Nicht schlecht. Ich habe aber eben mein Abteil verloren

und kann es nicht wiederfinden, so ein Idiot bin ich! Und niemand ist da, der mich dafür durchprügeln könnte!« Der baumlange Iwan Alexejewitsch wankt hin und her und kichert. »Was man nicht alles erlebt!« fährt er fort. »Nach dem zweiten Glockenzeichen bin ich raus, um einen Cognac zu nehmen. Ich hab auch einen getrunken und gedacht: Da die nächste Station nicht so bald kommt, will ich noch ein zweites Gläschen nehmen. Während ich mir das überlegte und trank, läutete es zum drittenmal … Ich renne wie ein Verrückter aus dem Büfett und springe in den erstbesten Wagen. Bin ich nicht ein Idiot, ein Trottel?«

»Sie sind aber in sichtbar fröhlicher Stimmung«, sagt Pjotr Petrowitsch, »setzen Sie sich nur! Sie bekommen einen Platz und den gebührenden Respekt!«

»Nein, nein, ich gehe meinen Wagen suchen! Leben Sie wohl!«

»Im Finstern werden Sie unterwegs aus dem Zug stürzen. Setzen Sie sich nur her; Ihren Wagen können Sie an der nächsten Station suchen. Setzen Sie sich!«

Iwan Alexejewitsch seufzt und setzt sich unentschlossen neben Pjotr Petrowitsch. Er ist sichtbar erregt und sitzt wie auf Nadeln.

»Wo fahren Sie hin?« fragt Pjotr Petrowitsch.

»Ich? In den Weltenraum! In meinem Kopf ist so ein Wirrwarr, daß ich selbst nicht weiß, wohin ich fahre. Das Schicksal führt mich irgendwohin, und ich lasse mich fahren. Ha, ha … Lieber Freund, haben Sie schon einmal einen glücklichen Narren gesehen? Nein? Also, schauen Sie mich an. Vor Ihnen sitzt der glücklichste der Sterblichen! Jawohl! Sehen Sie denn nichts in meinem Gesicht?«

»Na ja, man sieht Ihnen an, daß Sie … ein wenig …«

»Ich mache ein furchtbar dummes Gesicht! Schade, daß ich keinen Spiegel zur Hand habe, ich würde mir so gern meine Fratze anschauen! Ich fühle, mein Lieber, daß ich ein Idiot geworden bin. Mein Ehrenwort! Ha, ha! Ich befinde mich, denken Sie nur, auf der Hochzeitsreise. Bin ich nicht ein Trottel?«

»Sie? Haben Sie denn geheiratet?«

»Heute, mein Lieber! Und bin gleich nach der Trauung in diesen Zug gestiegen.«

Es folgen Glückwünsche und die üblichen Fragen.

»So, so«, lacht Pjotr Petrowitsch. »Darum sind Sie auch auf einmal so elegant!«

»Jawohl! Um die Illusion zu vervollständigen, habe ich mich sogar mit Parfüm besprengt. Stecke bis zu den Ohren in so leichtsinnigen Dingen! Habe weder Sorgen noch Gedanken, sondern nur ein Gefühl von … weiß der Teufel, wie ich es nennen soll … von Glückseligkeit … Noch nie in meinem Leben habe ich mich so wohl gefühlt!« Iwan Alexejewitsch schließt die Augen und schüttelt den Kopf. »Ich bin in einer ganz empörenden Weise glücklich!« sagt er. »Urteilen Sie doch selbst. Gleich gehe ich mein Abteil suchen. Dort sitzt ein Geschöpf, das Ihnen, sozusagen, mit seinem ganzen Wesen ergeben ist. So ein Blondinchen mit einem Näschen … mit Fingerchen … Mein Herzchen! Mein Engel! Mein Schätzchen! So eine Reblaus meiner Seele! Und erst das Füßchen! Mein Gott! So ein Füßchen ist doch etwas ganz anderes als unsere Männerfüße; es ist etwas Winziges, Bezauberndes, Allegorisches! Ich wäre imstande, so ein Füßchen einfach aufzufressen! Ach, Sie verstehen doch nichts davon!

Sie sind Materialist und kommen gleich mit Ihrer Analyse und ähnlichem Kram! Ein trockener Junggeselle sind Sie und sonst nichts! Wenn Sie mal heiraten, werden Sie meiner Worte gedenken! ›Wo mag Iwan Alexejewitsch jetzt sein?‹ werden Sie dann sagen. Ja, gleich gehe ich in mein Abteil. Dort erwartet man mich mit Ungeduld ... Man genießt mein Erscheinen schon im voraus. Ein Lächeln empfängt mich. Ich setze mich zu ihr und nehme sie so mit zwei Fingern am Kinn ...« Iwan Alexejewitsch schüttelt den Kopf und bricht in ein glückliches Lachen aus. »Dann legt man ihr seinen Kopf auf die Schulter und nimmt sie mit der Hand um die Taille. Im Abteil ist es still ... Wissen Sie, so ein geheimnisvolles Halbdunkel. Die ganze Welt möchte man in so einem Augenblick umarmen! Pjotr Petrowitsch, gestatten Sie mir, daß ich Sie umarme!«

»Ich bitte sehr!«

Unter dem Gelächter der Mitreisenden fallen sich die beiden Freunde in die Arme, und der glückliche Neuvermählte fährt fort: »Und aus lauter Idiotie oder, wie es in den Romanen heißt, zur Vervollständigung der Illusion geht man ab und zu ins Büfett und stürzt zwei, drei Gläschen herunter. Dann hat man im Kopf und in der Brust ein Gefühl, wie man es in keinem Märchen findet. Ich bin ein kleiner, unbedeutender Mensch, und doch ist mir zumute, als hätte ich gar keine Grenzen ... Die ganze Welt schließe ich in die Arme!«

Dieser angeheiterte, glückliche Neuvermählte steckt die übrigen Fahrgäste mit seiner Freude an, und sie wollen nicht mehr schlafen. Statt des einen Zuhörers hat Iwan Alexejewitsch fünf. Er springt wie auf Nadeln, schäumt, fuchtelt mit den Händen und schwatzt unaufhörlich. Er lacht, und alle lachen mit.

»Das wichtigste, meine Herren, ist, möglichst wenig zu denken! Zum Teufel mit all den Analysen. Wenn man trinken will, so soll man trinken und nicht philosophieren, ob es nützlich ist oder schädlich ... Zum Teufel mit all der Philosophie und Psychologie!«

Der Schaffner kommt in den Wagen.

»Lieber Freund«, wendet sich der Neuvermählte an ihn, »wenn Sie durch den Wagen Nummer zweihundertneun kommen, sehen Sie dort eine Dame in grauem Hut mit einem weißen Vogel. Sagen Sie ihr, daß ich hier bin!«

»Schön. Aber in diesem Zug gibt es gar keinen Wagen Nummer zweihundertneun. Es gibt nur eine Nummer zweihundertneunzehn.«

»Meinetwegen, Nummer zweihundertneunzehn! Ganz gleich! Also, sagen Sie der Dame, daß ihr Gatte wohlbehalten hier sitzt!«

Iwan Alexejewitsch greift sich plötzlich an den Kopf und stöhnt: »Gatte ... Dame ... Ist es lange her? Gatte ... Ha, ha ... Prügeln sollte man dich, und du willst ein Gatte sein! Ach, du Idiot! Und sie erst! Gestern war sie noch ein Mädchen, so eine kleine Krabbe ... Ich kann's einfach nicht fassen!«

»Heutzutage kommt es einem sogar seltsam vor, einen glücklichen Menschen zu sehen«, sagt einer der Fahrgäste. »Viel eher bekommt man einen weißen Elefanten zu Gesicht.«

»Ja, und wer ist schuld?« fragt Iwan Alexejewitsch, indem er seine langen Füße in den sehr spitzen Schuhen ausstreckt. »Wenn Sie nicht glücklich sind, so ist es Ihre eigene Schuld!

27

Jawohl, was glauben denn Sie? Der Mensch ist der Schöpfer seines eigenen Glücks. Wenn Sie nur wollen, werden auch Sie glücklich sein, aber Sie wollen es gar nicht. Sie gehen dem Glück einfach aus dem Weg!«

»So?! Auf welche Weise?«

»Sehr einfach! Die Natur hat einmal festgesetzt, daß der Mensch in einer gewissen Phase seines Lebens die Liebe kennenlernen soll. Wenn diese Phase einmal angebrochen ist, soll man draufloslieben. Sie aber wollen nicht der Natur folgen und warten immer auf etwas. Ferner ... Das Gesetz verlangt, daß jedes normale Individuum in die Ehe trete ... Ohne Ehe gibt es kein Glück. Wenn der günstige Augenblick gekommen ist, so soll man heiraten und keine langen Geschichten machen. Sie aber heiraten nicht und warten immer auf etwas! Ferner steht in der Heiligen Schrift, daß der Wein das Menschenherz erfreut. Wenn man es gut hat und will, daß man es noch besser habe, so gehe man ans Büfett und trinke. Die Hauptsache ist – nicht klügeln, sondern nach der Schablone draufloshauen! Die Schablone ist eine große Sache!«

»Sie sagen, der Mensch sei Schöpfer seines Glücks. Was ist er aber für ein Schöpfer, wenn ein kranker Zahn oder eine Schwiegermutter genügt, um sein Glück zum Teufel zu jagen? Alles hängt vom Zufall ab. Wären Sie jetzt in eine Eisenbahnkatastrophe geraten, so hätten Sie etwas ganz anderes gesagt.«

»Unsinn!« protestiert der Neuvermählte. »Katastrophen kommen nur einmal im Jahr vor. Ich fürchte keine Zufälle, weil es keinen Grund gibt, daß sich diese Zufälle ereignen. Zufälle sind selten! Hol sie der Teufel. Ich will gar nicht davon reden! Ich glaube, gleich kommt eine Station.«

»Wohin fahren Sie eigentlich?« fragt Pjotr Petrowitsch. »Nach Moskau oder noch südlicher?«

»Wie kommen Sie denn darauf! Wieso südlicher, wenn ich nach Norden fahre?«

»Moskau liegt doch nicht im Norden.«

»Ich weiß, aber wir fahren doch nach Petersburg!« sagt Iwan Alexejewitsch.

»Aber erlauben Sie! Wir fahren nach Moskau!«

»Wieso, nach Moskau?« versetzt der Neuvermählte erstaunt.

»Merkwürdig ... Was steht auf Ihrer Fahrkarte?«

»Petersburg.«

»In diesem Fall muß ich gratulieren. Sie sind in einen falschen Zug geraten.«

Eine halbe Minute vergeht mit Schweigen. Der Neuvermählte steht auf und mustert die ganze Gesellschaft mit blöden Blicken.

»Gewiß«, erklärt Pjotr Petrowitsch, »Sie sind in Bologoje in einen falschen Zug gesprungen ... Nach Ihrem Cognac haben Sie die Richtung verwechselt.«

Iwan Alexejewitsch erbleicht, greift sich an den Kopf und fängt an, schnell hin- und herzulaufen.

»Ach, ich Idiot!« schimpft er. »Ach, ich gemeiner Kerl, daß mich die Teufel fressen! Was mache ich jetzt? Meine Frau sitzt ja im anderen Zug! Sie wartet, vergeht vor Sehnsucht! Ach, ich Narr!«

Der Neuvermählte läßt sich auf eine Bank fallen und windet sich, als wäre man ihm auf ein Hühnerauge getreten.

»Ich Unglücksmensch!« stöhnt er. »Was soll ich jetzt bloß machen? Was?«

»Na«, trösten ihn die Mitreisenden, »das ist doch kein Unglück ... Sie telegraphieren Ihrer Frau und versuchen unterwegs, in den Schnellzug umzusteigen. So holen Sie sie ein.«

»Ja, Schnellzug!« jammert der Neuvermählte, der Schöpfer seines Glücks. »Wo nehme ich das Geld für den Schnellzug her? Das ganze Geld ist ja bei meiner Frau!«

Die Mitreisenden lachen, tuscheln miteinander, veranstalten dann eine Kollekte und versehen den Glücklichen mit Geld.

— Zum Zeitvertreib —

(EIN DATSCHA-ROMAN)

Nikolaj Andrejewitsch Kapitonow, Notarius, hatte zu Mittag gespeist, eine Zigarre geraucht und sich in sein Schlafzimmer begeben, um zu ruhen. Er legte sich hin, bedeckte sich zum Schutz vor den Mücken mit einem Musselintuch und schloß die Augen, konnte aber nicht einschlafen. Die Zwiebel, die er mit der Okroschka gegessen hatte, bereitete ihm ein derartiges Sodbrennen, daß an Schlaf nicht zu denken war. »Nein, heute kann ich nicht einschlafen«, entschied er, nachdem er sich etwa fünfmal von einer Seite auf die andere gedreht hatte. »Ich werde Zeitung lesen.«

Nikolaj Andrejewitsch erhob sich vom Bett, warf einen Schlafrock über und ging nur auf Strümpfen, ohne Pantoffeln, in sein Kabinett, um die Zeitungen zu holen. Er ahnte nicht, daß ihn hier ein Anblick erwartete, der weit interessanter war als Sodbrennen und Zeitungen!

Beim Betreten des Kabinetts bot sich seinen Augen folgendes Bild: In die samtene Chaiselongue zurückgelehnt, die Füße auf einem kleinen Schemel, lag seine Frau, Anna Semjonowna, eine Dame von dreiunddreißig Jahren; ihre Pose, ungezwungen und träumerisch, glich der, in der für gewöhnlich Kleopatra von Ägypten dargestellt ist, die sich mit Schlangen vergiftet. Am Kopfende, auf einem Bein kniend, stand der Re-

31

petitor der Kapitonows, Student der Technik im ersten Studienjahr, Wanja Schtschupalzew, ein rosiger, bartloser Junge von etwa neunzehn oder zwanzig Jahren. Die Bedeutung dieses »lebenden Bildes« war unschwer zu begreifen: Unmittelbar vor dem Eintreten des Notarius waren die Lippen der gnädigen Frau und des Jünglings zu einem anhaltenden, quälend-brennenden Kuß verschmolzen.

Nikolaj Andrejewitsch blieb wie angewurzelt stehen, hielt den Atem an und wollte das weitere Geschehen abwarten, doch er ertrug es nicht und räusperte sich. Der Techniker blickte sich daraufhin um und war beim Anblick des Notarius für einen Moment wie vom Donner gerührt; dann lief er feuerrot an, sprang auf und rannte davon. Anna Semjonowna geriet in Verlegenheit.

»Wun-der-bar! Reizend!« begann der Ehemann, wobei er sich verneigte und die Arme spreizte. »Gratuliere! Reizend, ausgezeichnet!«

»Es ist Ihrerseits ebenfalls reizend … zu lauschen!« murmelte Anna Semjonowna im Bestreben, sich zu rechtfertigen.

»*Merci*! Wunderbar!« fuhr der Notarius mit einem breiten Grinsen fort. »Das alles war so schön, Mütterchen, daß ich gern hundert Rubel dafür gebe, es noch einmal sehen zu können.«

»Da war überhaupt nichts … Das kam Ihnen nur so vor … Es ist geradezu töricht …«

»Ach ja, und wer hat sich da geküßt?«

»Geküßt – ja, aber mehr … Ich verstehe gar nicht, was du dir da ausgedacht hast.«

Nikolaj Andrejewitsch blickte spöttisch in das verlegene Gesicht seiner Frau und schüttelte den Kopf. »Lust auf frische

Gürkchen auf die alten Tage!« begann er mit singender Stimme. »Die Nase voll vom Beluga, da findet man Geschmack an Sardinen. Ach, du Schamlose! Aber was soll's? Das ist das Balzac'sche Alter! Da kann man nichts machen! Ich verstehe! Ich verstehe und fühle mit!«

Nikolaj Andrejewitsch setzte sich ans Fenster und trommelte mit den Fingern auf das Fensterbrett. »Machen Sie nur weiter so«, gähnte er.

»Wie albern!« sagte Anna Semjonowna.

»Zum Teufel, was für eine Hitze! Du hättest besser Limonade kaufen lassen sollen. Also, meine Dame, ich verstehe und fühle mit. Diese Küsse, das Ächzen und Seufzen – dieses Sodbrennen! –, das alles ist schön, ist ausgezeichnet, nur hättest du den Jungen nicht verwirren dürfen, Mütterchen. Ja, ja. Er ist ein gutmütiger, braver Junge … ein heller Kopf, er hätte ein besseres Los verdient. Du hättest ihn verschonen müssen.«

»Sie verstehen überhaupt nichts. Der Junge hat sich bis über beide Ohren in mich verliebt, und ich habe ihm einen Gefallen getan … ihm erlaubt, mich zu küssen.«

»Verliebt«, äffte Nikolaj Andrejewitsch sie nach. »Bevor er sich in dich verliebte, hast du ihm bestimmt hundert Schlingen gelegt und Fallen gestellt.« Der Notarius gähnte und streckte sich. »Eine erstaunliche Angelegenheit!« brummte er mit einem Blick aus dem Fenster. »Würde ich so unschuldig, wie du gerade, ein Mädchen küssen, dann bräche weiß der Teufel was über mich herein: Missetäter! Verführer! Wüstling! Aber euch Balzac'schen Damen läßt man das alles durchgehen. Ein andermal darfst du keine Zwiebel in die Okroschka geben, sonst krepiert man vor Sodbrennen … Pah! Sieh dir dein *objet* doch an! Da läuft der arme Däumling Hals über Kopf die Allee hinunter wie ein begossener Pudel. Er bildet sich wahrscheinlich ein, daß ich mich wegen eines solchen Kleinods, wie du es bist, mit ihm duellieren werde. Mutwillig wie eine Katze, feige wie ein Hase. So bleib doch stehen, du Däumling, dir werde ich es zeigen! So einfach kommst du mir nicht davon!«

»Nein, bitte, laß ihn!« sagte Anna Semjonowna. »Schimpf nicht mit ihm, er ist völlig unschuldig.«

»Ich schimpfe nicht, es ist doch nur … zum Spaß.«

Der Notarius gähnte, nahm die Zeitungen, raffte die Schöße seines Schlafrocks hoch und schlurfte wieder in sein Schlafzimmer. Nachdem er etwa eineinhalb Stunden gelegen und die Zeitungen gelesen hatte, kleidete er sich an und unternahm einen Spaziergang. Er flanierte durch den Garten und schwenkte fröhlich seinen Spazierstock, doch als er in der Ferne den Techniker Schtschupalzew erblickte, verschränkte er die Arme vor der Brust, setzte eine düstere Miene auf und schritt einher wie ein Provinztragöde, der sich auf die Begegnung mit einem Rivalen einstellt. Schtschupalzew saß auf einer Bank unter einer Esche und machte sich, blaß und zitternd, auf eine harte Aussprache gefaßt. Er gab sich mutig und zeigte eine ernste Miene, aber ihm zog sich alles zusammen, wie man so sagt. Beim Anblick des Notarius wurde er noch blasser, er holte tief Atem und zog ergeben die Beine ein. Nikolaj Andrejewitsch trat seitlich an ihn heran, stand eine Weile schweigend da und begann schließlich, ohne ihn anzusehen: »Natürlich verstehen Sie, werter Herr, worüber ich mit Ihnen sprechen will. Nach dem, was ich gesehen habe, kann unser gutes Verhältnis keine Fortsetzung haben. So ist das! Die Erregung läßt mich kaum sprechen, aber ... Sie werden auch ohne meine Worte verstehen, daß Sie und ich nicht länger unter einem Dach leben können. Ich oder Sie!«

»Ich verstehe Sie«, murmelte der Techniker schwer atmend.

»Diese Datscha gehört meiner Frau, daher werden Sie hierbleiben, und ich ... ich gehe fort. Ich bin nicht gekommen, um Ihnen Vorwürfe zu machen, nein! Mit Vorwürfen und Tränen gewinnt man nicht zurück, was unwiederbringlich verloren ist! Ich bin gekommen, um Sie nach Ihren Absichten zu fragen ...« (Pause) »Natürlich geht es mich nichts an, ich habe mich nicht in Ihre Angelegenheiten einzumischen, aber Sie geben doch zu, an dem Wunsch, das künftige Schicksal der heißgeliebten Frau zu erfahren, ist nichts ... dergleichen, was Ihnen als Einmischung vorkommen könnte. Beabsichtigen Sie, mit meiner Frau zu leben?«

»Sie meinen ... wie?« Der Techniker geriet in Verwirrung und knickte seine Beine noch stärker unter die Bank. »Ich ... ich weiß es nicht. Das alles ist irgendwie so merkwürdig.«

»Ich sehe, Sie entziehen sich einer direkten Antwort«, brummte der Notarius finster. »Also, ich sage Ihnen ohne Umschweife: Entweder Sie nehmen die Frau, die Sie verführt haben, und verschaffen ihr eine Existenzgrundlage, oder aber wir duellieren uns. Die Liebe erlegt einem bedeutende Verpflichtungen auf, werter Herr, und als ehrenhafter Mann müssen Sie das begreifen! In einer Woche reise ich ab, und Anna und die Familie werden in Ihrer Obhut stehen. Für die Kinder werde ich eine bestimmte Summe zur Verfügung stellen.«

»Wenn Anna Semjonowna es wünscht«, murmelte der Jüngling, »dann übernehme ich ... ich als ehrenhafter Mann ... aber ich bin arm! Auch wenn ...«

»Sie sind ein edler Mensch!« schnaufte der Notarius und schüttelte dem Techniker die Hand. »Danke! In jedem Falle lasse ich Ihnen eine Woche Bedenkzeit! Überlegen Sie es sich!«

Der Notarius setzte sich neben den Techniker und schlug die Hände vors Gesicht.

»Was haben Sie mir nur angetan!« stöhnte er. »Sie haben mein Leben zerstört ... mir die Frau genommen, die ich mehr als mein Leben liebe. Nein, diesen Schlag werde ich nicht überstehen!«

Der Jüngling blickte ihn beklommen an und kratzte sich die Stirn. Ihm war unheimlich zumute.

»Sie sind selbst schuld, Nikolaj Andrejewitsch!« seufzte er. »Ist der Kopf erst ab, kann man nicht mehr um die Haare weinen. Denken Sie daran, Sie haben Anna nur des Geldes wegen geheiratet ... Und Sie haben sie nie verstanden, sie tyrannisiert ... die reinsten, edelsten Aufwallungen ihres Herzens mißachtet.«

»Das hat sie Ihnen gesagt?« fragte Nikolaj Andrejewitsch und nahm abrupt die Hände vom Gesicht.

»Ja, hat sie. Ich kenne ihr gesamtes Leben, und ... glauben Sie mir, ich habe nicht so sehr die Frau als vielmehr die Dulderin liebgewonnen.«

»Sie sind ein edler Mensch«, seufzte der Notarius und erhob sich. »Leben Sie wohl, werden Sie glücklich. Ich hoffe, daß alles, was hier gesagt wurde, unter uns bleibt.«

Nikolaj Andrejewitsch seufzte noch einmal und schritt

zum Haus. Auf halbem Wege kam ihm Anna Semjonowna entgegen.

»Na, suchst du deinen Däumling?« fragte er. »Geh hin, sieh ihn dir an, ich habe ihn ganz schön schwitzen lassen! Aber du hast es ja schon geschafft, ihm dein Herz auszuschütten! Was ist das nur für eine Art bei euch Balzac'schen Frauen, wahrhaftig! Mit Schönheit und Frische könnt ihr nicht mehr gewinnen, also versucht ihr es mit Bekenntnissen und Lamentieren! Das Blaue vom Himmel heruntergelogen hast du! Dein Geld hätte ich geheiratet, dich nicht verstanden, dich tyrannisiert und weiß der Teufel was …«

»Nichts habe ich ihm gesagt!« versetzte Anna Semjonowna errötend.

»Na, na. Ich begreife schon, ich habe doch ein Einsehen. Keine Angst, ich will dir keine Standpauke halten. Der Junge dauert mich einfach! Ein guter Junge, ehrlich und aufrichtig.«

Als der Abend anbrach und die Erde in Finsternis hüllte, ging der Notarius noch einmal hinaus zu einem Spaziergang. Es war ein wunderschöner Abend. Die Bäume schliefen, und es schien, als könnte sie kein Sturm aus ihrem jungen Frühlingsschlaf wecken. Vom Himmel herab, gegen die Schläfrigkeit ankämpfend, blickten die Sterne. Irgendwo außerhalb des Gartens quakten träge die Frösche, und eine Eule schrie. Die kurzen Triller einer fernen Nachtigall waren zu vernehmen.

Nikolaj Andrejewitsch, der im Finstern unter einer weit ausladenden Linde spazierte, stieß mit einem Mal auf Schtschupalzew.

»Was stehen Sie hier?« fragte er.

»Nikolaj Andrejewitsch!« begann Schtschupalzew mit

37

vor Aufregung zitternder Stimme. »Ich bin mit all Ihren Bedingungen einverstanden, doch ... Es ist alles so merkwürdig. Sie sind plötzlich mir nichts, dir nichts unglücklich ... Sie leiden und sagen, Ihr Leben sei zerstört ...«

»Ja, und?«

»Wenn Sie gekränkt sind, dann ... dann kann ich Ihnen, obwohl ich Duelle ablehne, Satisfaktion geben. Wenn ein Duell Sie auch nur ein wenig erleichtert, dann ... bitte sehr, ich bin bereit. Auch hundert Duelle ...«

Der Notarius fing an zu lachen und faßte den Techniker um die Taille. »Aber, aber ... Schwamm drüber! Ich habe doch nur einen Scherz gemacht, mein Bester! Lassen Sie es gut sein, das ist doch alles dummes Zeug. Diese elende, nichtswürdige Frau ist es nicht wert, daß Sie ihretwegen gute Worte verschwenden und sich aufregen. Es reicht, junger Mann! Gehen wir spazieren.«

»Ich ... ich verstehe Sie nicht ...«

»Da gibt es auch nichts zu verstehen. Ein elendes, miserables Frauenzimmer, weiter nichts! Sie haben keinen Geschmack, mein Bester. Warum bleiben Sie stehen? Wundern Sie sich, daß ich so über meine Frau spreche? Natürlich, ich dürfte Ihnen das gar nicht sagen, doch da Sie hier in gewisser Weise ein Betroffener sind, gibt es keinen Grund zur Heimlichtuerei. Ich sage Ihnen ganz offen: Pfeifen Sie drauf! Es lohnt die Mühe nicht. Jedes ihrer Worte war gelogen, und als ›Dulderin‹ ist sie keinen roten Heller wert. Eine Balzac'sche gnädige Frau, eine Psychopathin. Dumm und verlogen. Ehrenwort, mein Bester! Ich scherze nicht ...«

»Aber sie ist doch Ihre Frau!« wunderte sich der Techniker.

»So kann es einem ergehen! Ich war genau wie Sie, habe geheiratet, und heute wäre ich froh, wenn ich mich scheiden lassen könnte, aber – tja ... Pfeifen Sie drauf, mein Freund! Liebe gibt es gar nicht, es gibt nur Allotria und Langeweile. Wenn Sie Allotria treiben wollen, da drüben kommt Nastja ... He, Nastja, wohin des Wegs?«

»Kwas holen, gnädiger Herr!« erklang eine weibliche Stimme.

»Das begreife ich«, fuhr der Notarius fort. »Diese Psychopathinnen und Dulderinnen hingegen ... die können mich alle mal! Nastja ist ein dummes Ding, aber wenigstens hat sie keine Ansprüche. Gehen wir weiter?«

Der Notarius und der Techniker verließen den Garten, sie warfen einen Blick zurück, stießen gleichzeitig einen Seufzer aus und gingen über das Feld.

— *Die Apothekerin* —

Das Städtchen B., das aus zwei, drei krummen Straßen besteht, schläft tief und fest. In der reglosen Luft ist es still. Man hört nur, wie irgendwo weit weg, wohl außerhalb der Stadt, mit dünnem, heiserem Tenor ein Hund bellt. Es ist kurz vor Tagesanbruch.

Alles liegt schon lange in tiefem Schlummer. Nur die junge Frau des Provisors Tschernomordik, dem die B.-Apotheke gehört, ist wach. Sie hat sich schon dreimal hingelegt, aber der Schlaf will einfach nicht kommen – warum auch immer. Sie sitzt am offenen Fenster, nur im Hemd, und blickt hinaus auf die Straße. Es ist stickig und heiß, ihr ist langweilig, verdrießlich ... so verdrießlich, daß ihr sogar zum Weinen ist – warum auch immer. Ein Stein liegt ihr auf der Brust und steigt immer wieder hoch zum Hals ... An der Wand, ein paar Schritte hinter der Apothekerin, schläft Tschernomordik selbst und schnorchelt friedlich vor sich. Ein gieriger Floh hat sich an seiner Nasenwurzel festgesaugt, doch er spürt das nicht, ja, er lächelt sogar, weil er träumt, alle Leute in der Stadt würden husten und laufend bei ihm König-von-Dänemark-Brusttropfen kaufen. Weder Stiche noch Kanonen oder Liebkosungen könnten ihn jetzt aufwecken.

Die Apotheke liegt fast am Rand der Stadt, so daß die Apothekerin weit über das Feld blicken kann. Sie sieht, wie der östliche Rand des Himmels allmählich heller schimmert und dann blutrot wird wie von einem großen Feuer. Unversehens schlüpft der große, breitgesichtige Mond hinter einem Gebüsch in der Ferne hervor. Er ist rot (überhaupt ist der Mond, wenn er hinter Buschwerk hervorkommt, immer entsetzlich verlegen).

Plötzlich erklingen in der nächtlichen Stille Schritte und Sporengeklirr. Stimmen sind zu hören. Das sind Offiziere, die auf dem Weg vom Kreisrichter zurück ins Feldlager sind, denkt die Apothekerin.

Kurz darauf erscheinen zwei Gestalten in weißen Offiziersjacken; die eine groß und dick, die andere kleiner und dünner. Träge ein Bein vor das andere setzend, schlendern sie am Zaun entlang und unterhalten sich lautstark. Als sie auf der Höhe der Apotheke angekommen sind, gehen die beiden Gestalten noch langsamer und blicken zu den Fenstern hin.

»Es riecht nach Apotheke«, sagt der Dünne. »Hier ist ja auch eine! Ach, ich erinnere mich. Letzte Woche war ich hier und habe Kastoröl gekauft. Der Apotheker hat ein saures Gesicht und eine Eselskinnlade. Das ist eine Kinnlade, mein Bester! Damit hat Samson die Philister erschlagen.«

»Hm, ja ...«, sagt der Dicke mit Baßstimme. »Die Pharmazie schläft! Die Apothekerin schläft auch. Hier gibt es nämlich eine hübsche Apothekerin, Obtjossow!«

»Habe ich gesehen. Sie hat mir sehr gefallen ... Sagen Sie, Doktor, ist es möglich, daß sie diese Eselskinnlade liebt? Kann das sein?«

»Nein, wahrscheinlich nicht«, seufzt der Doktor mit einem Unterton, als dauerte ihn der Apotheker. »Da schläft das Mütterchen nun hinter dem Fenster! Was, Obtjossow? Liegt dahingebreitet in der Hitze ... das Mündchen halb geöffnet ...

ein Füßchen hängt vom Bett herab … Aber dieser Tölpel von Apotheker begreift wohl gar nicht, was er da hat. Für den ist eine Frau bestimmt dasselbe wie eine Karbolflasche!«

»Wissen Sie, was, Doktor?« sagt der Offizier und bleibt stehen. »Kommen Sie, wir gehen in die Apotheke und kaufen etwas! Vielleicht bekommen wir die Apothekerin zu Gesicht.«

»Wo denken Sie hin – in der Nacht!«

»Na und? Eine Apotheke muß auch des Nachts geöffnet sein. Kommen Sie, wir gehen hinein, mein Lieber!«

»Von mir aus …«

Die Apothekerin, die sich hinter dem Vorhang verborgen hat, hört die heisere Türglocke. Mit einem Blick auf ihren Mann, der noch immer friedlich schnorchelt und lächelt, wirft sie ein Kleid über, streift Pantoffeln über die bloßen Füße und läuft in die Apotheke.

Durch die Glastür sind zwei Schatten zu erkennen. Die Apothekerin dreht das Licht in der Lampe höher und eilt zur Tür, um aufzuschließen, und ihr ist nicht mehr langweilig und verdrießlich, ihr ist nicht mehr zum Weinen, nur das Herz schlägt heftig. Der dicke Doktor und der dünne Obtjossow treten ein. Nun kann man sie auch richtig betrachten. Der dickbäuchige Doktor ist dunkelhäutig, bärtig und schwerfällig. Bei der kleinsten Bewegung knackt seine Jacke, und der Schweiß tritt ihm auf die Stirn. Der Offizier hingegen ist rosig, bartlos, feminin und geschmeidig wie eine englische Reitgerte.

»Was wünschen Sie?« fragt die Apothekerin, wobei sie das Kleid über der Brust zusammenhält.

»Geben Sie mir … äh … für fünfzehn Kopeken Pfefferminzpastillen!«

Die Apothekerin holt gemächlich einen Behälter vom Regal und beginnt abzuwiegen. Die Käufer blicken unverwandt auf ihren Rücken; der Doktor kneift die Augen zusammen wie eine satte Katze, und der Leutnant ist sehr ernst.

»Ich sehe zum ersten Mal, daß eine Dame in der Apotheke verkauft«, bemerkt der Doktor.

»Das ist nichts Besonderes«, versetzt die Apothekerin und blickt von der Seite her auf Obtjossows rosiges Gesicht. »Mein Mann hat keine Gehilfen, da helfe ich ihm immer.«

»Ah so ... Eine hübsche kleine Apotheke haben Sie! So viele verschiedene von diesen ... Behältern! Haben Sie denn gar keine Angst mit all diesen giftigen Sachen? Brrr!«

Die Apothekerin klebt das Päckchen zu und reicht es dem Doktor. Obtjossow gibt ihr ein Fünfzehnkopekenstück. Eine halbe Minute vergeht, ohne daß jemand etwas sagt. Die Männer wechseln einen Blick, machen einen Schritt zur Tür hin und wechseln wieder einen Blick.

»Geben Sie mir für zehn Kopeken Soda!« sagt der Doktor.

Wieder streckt die Apothekerin mit einer bedächtigen, trägen Bewegung die Hand zum Regal.

»Haben Sie hier in der Apotheke nicht vielleicht etwas ...«, murmelt Obtjossow und bewegt dabei seine Finger, »etwas, wissen Sie, Allegorisches, ein Lebenselixier ... Selterwasser vielleicht? Haben Sie Selterwasser?«

»Ja«, erwidert die Apothekerin.

»Bravo! Sie sind keine Frau, sondern eine Fee. Dann machen Sie uns mal etwa drei Fläschchen bereit!«

Die Apothekerin klebt eilfertig das Soda zu und verschwindet im Dunkel hinter der Tür.

»Zum Anbeißen!« sagt der Doktor augenzwinkernd. »So eine Ananas, Obtjossow, finden Sie selbst auf der Insel Madeira nicht. Na? Was meinen Sie? Indes ... hören Sie das Schnarchen? Da beliebt der Herr Apotheker selbst zu ruhen.«

Eine Minute darauf kehrt die Apothekerin zurück und stellt fünf Flaschen auf den Ladentisch. Sie war soeben im Keller und ist daher rot und ein wenig erhitzt.

»Psst ... leise«, sagt Obtjossow, als sie eine Flasche öffnet und den Korkenzieher fallenläßt. »Klappern Sie nicht so, sonst wecken Sie noch Ihren Mann.«

»Und wenn schon.«

»Er schläft so süß ... träumt von Ihnen ... Auf Ihr Wohl!«

»Und außerdem«, brummt der Doktor, der nach dem Selterwasser rülpsen muß, »sind Ehemänner eine so langweilige Angelegenheit, daß es gut wäre, wenn sie immer schliefen. Ach, zu diesem Wässerchen müßte man einen Rotwein trinken.«

»Was fällt Ihnen denn noch alles ein!« lacht die Apothekerin.

»Das wäre prächtig! Schade, daß in der Apotheke keine Spirituosen verkauft werden! Im übrigen ... Sie müssen doch Wein als Arzneimittel verkaufen. Haben Sie *vinum gallicum rubrum*?«

»Haben wir.«

»Na sehen Sie! Geben Sie uns welchen! Zum Teufel, her damit!«

»Wieviel möchten Sie?«

»*Quantum satis!* Zuerst geben Sie uns eine Unze ins Wasser, dann sehen wir weiter, was, Obtjossow? Zuerst mit Wasser, und dann *per se* ... «

Der Doktor und Obtjossow setzen sich an den Ladentisch, nehmen ihre Mützen ab und sprechen dem Rotwein zu.

»Der Wein ist allerdings, das muß man sagen, äußerst miserabel! *Vinum schlechtissimum.* Er schmeckt übrigens in Gegenwart von ... äh, äh ... wie Nektar. Sie sind entzückend, gnädige Frau! Ich küsse in Gedanken ihr Händchen.«

»Ich würde es mich etwas kosten lassen, wenn ich das nicht nur in Gedanken tun könnte!« erklärt Obtjossow. »Ehrenwort! Ich würde mein Leben geben!«

»Lassen Sie das besser bleiben«, versetzt Frau Tschernomordik, wobei sie errötet und ein ernsthaftes Gesicht macht.

»Sie sind mir eine Kokette!« kichert der Doktor leise und blickt sie von der Seite her schelmisch an. »Ihre Äuglein schießen ja! Piff-Paff! Gratuliere: Sie haben gesiegt! Wir sind getroffen!«

Die Apothekerin blickt in ihre rotwangigen Gesichter, hört ihrem Geplauder zu und wird bald selbst ganz lebhaft. Oh, wie fröhlich ihr schon zumute ist! Sie läßt sich auf das Gespräch ein, kichert, schäkert und trinkt sogar nach langem Bitten der Kunden etwa zwei Unzen Rotwein.

»Ihr Offiziere solltet häufiger aus dem Feldlager in die Stadt kommen«, sagt sie. »So ist es hier nämlich entsetzlich langweilig. Ich sterbe vor Langeweile.«

»Ja freilich!« Den Doktor schaudert es. »So eine Ananas ... ein Wunder der Natur, und das in dieser Einöde! Wie hat Gribojedow sich so wunderbar ausgedrückt: ›In die Einöde! Nach Saratow!‹ Aber wir müssen los. Ich habe mich sehr gefreut, Sie kennenzulernen ... ungemein! Was bekommen Sie von uns?«

Die Apothekerin hebt die Augen zur Decke und bewegt

lange ihre Lippen. »Zwölf Rubel, achtundvierzig Kopeken!« sagt sie.

Obtjossow zieht eine dicke Geldbörse aus der Tasche, kramt lange in einem Packen Geldscheine und bezahlt.

»Ihr Mann schläft süß … Er träumt …«, murmelt er, als er der Apothekerin zum Abschied die Hand drückt.

»Ich mag keine Dummheiten hören.«

»Wieso Dummheiten? Im Gegenteil, das sind ganz und gar keine Dummheiten. Selbst Shakespeare hat gesagt: ›Selig, wer in jungen Jahren jung war‹!«

»Lassen Sie meine Hand!«

Die Kunden küssen ihr nach langem Hin und Her schließlich die Hand und verlassen zögernd, als überlegten sie, ob sie nicht etwas vergessen hätten, die Apotheke. Die Apothekerin läuft rasch ins Schlafzimmer und setzt sich wieder ans Fenster. Sie sieht, wie der Doktor und der Leutnant sich gemächlich etwa zwanzig Schritte entfernen, dann stehenbleiben und zu flüstern beginnen. Worüber? Ihr Herz pocht, in den Schläfen pocht es ebenfalls – warum, das weiß sie selbst nicht … Das Herz schlägt heftig, als würden die beiden, die dort flüstern, sein Schicksal entscheiden.

Nach etwa fünf Minuten trennt sich der Doktor von Obtjossow und geht weiter, Obtjossow aber macht kehrt. Er geht einmal an der Apotheke vorbei, ein zweites Mal. Bald bleibt er an der Tür stehen, dann geht er weiter … Schließlich bimmelt behutsam die Türglocke.

»Was ist? Wer ist da?« vernimmt die Apothekerin plötzlich die Stimme ihres Mannes. »Es klingelt, und du hörst es nicht!« sagt der Apotheker streng. »Was sind denn das für Zustände!«

Er steht auf, zieht den Schlafrock an und schlurft in Pantoffeln, schlaftrunken schwankend, in die Apotheke.

»Was ... wünschen Sie?« erkundigt er sich bei Obtjossow.

»Geben Sie ... geben Sie für fünfzehn Kopeken Pfefferminzpastillen.«

Unentwegt schnaufend, gähnend, im Gehen beinahe einschlafend und mit den Knien an die Ladentische stoßend, klettert der Apotheker auf das Regal und holt den Behälter hervor ...

Zwei Minuten später sieht die Apothekerin, wie Obtjossow die Apotheke verläßt und nach wenigen Schritten die Pfefferminzpastillen auf die staubige Straße wirft. Von der Ecke her kommt ihm der Doktor entgegen. Die beiden gehen aufeinander zu und verschwinden, mit den Armen gestikulierend, im Morgennebel.

»Wie unglücklich ich bin!« sagt die Apothekerin mit einem erbosten Blick auf ihren Mann, der sich schnell auskleidet, um sich wieder schlafen zu legen. »Oh, wie unglücklich ich bin!« wiederholt sie und bricht mit einem Mal in bittere Tränen aus. »Und niemand, niemand weiß ...«

»Ich habe die fünfzehn Kopeken auf dem Ladentisch vergessen«, brummt der Apotheker, als er die Decke über sich breitet. »Leg sie bitte ins Pult.«

Und schon ist er wieder eingeschlafen.

—Eine Bagatelle—

Nikolaj Iljitsch Bjeljajew, ein Petersburger Hausbesitzer und Kurbesucher, ein wohlgenährter, rosiger junger Mann von etwa zweiunddreißig Jahren, kam eines Spätnachmittags zu Frau Olga Iwanowna Irnina, mit der er ein Verhältnis oder, wie er es zu nennen pflegte, einen langen und langweiligen Roman hatte. Und in der Tat: Die ersten interessanten und begeisterten Kapitel dieses Romans waren durchgelesen; und die Seiten, die nun folgten, zogen sich in die Länge, ohne etwas Neues oder Interessantes zu bieten.

Olga Iwanowna war nicht zu Hause, und unser Held legte sich in Erwartung aufs Sofa im Salon.

»Guten Abend, Nikolaj Iljitsch!« erklang eine Kinderstimme. »Die Mama kommt gleich. Sie ist mit Sonja zur Schneiderin gegangen.«

Im gleichen Salon lag auf einem anderen Sofa Olga Iwanownas Sohn, Aljoscha, ein etwa achtjähriger, schlanker, wohlgepflegter Junge, wie nach einem Modebild mit einer Samtbluse und langen schwarzen Strümpfen gekleidet. Er lag auf einem Atlaskissen und reckte, offenbar einen Akrobaten nachahmend, den er vor kurzem im Zirkus gesehen hatte, bald den einen und bald den anderen Fuß in die Höhe. Wenn seine schönen Beine ermüdeten, machte er dasselbe mit den Armen oder sprang hastig auf, stellte sich auf alle viere und versuchte, sich auf den Kopf zu stellen. Das alles machte er mit dem ernstesten Gesicht, keuchend vor Qual, als wäre er selbst nicht froh, daß der liebe Gott ihm einen so unruhigen Körper gegeben hatte.

»Ach, guten Abend, mein Freund!« sagte Bjeljajew. »Bist du da? Ich hatte dich gar nicht bemerkt. Geht es der Mama gut?«

Aljoscha, der mit der rechten Hand die linke Fußspitze ergriffen und die unnatürlichste Pose angenommen hatte, drehte sich um, sprang auf und blickte hinter dem großen, üppigen Lampenschirm Bjeljajew an.

»Was soll ich Ihnen sagen?« begann er achselzuckend. »Der Mama geht es eigentlich nie gut. Sie ist eine Frau, und den Frauen tut doch immer etwas weh.«

Um sich die Zeit zu vertreiben, begann Bjeljajew, Aljoschas Gesicht zu betrachten. Solange er bei Olga Iwanowna verkehrte, hatte er dem Jungen noch nie Beachtung geschenkt und seine Existenz förmlich übersehen: Da stand so ein Junge herum, doch wozu er da war und welche Rolle er spielte, daran wollte er nicht einmal denken. Das in der Abenddämmerung ungewöhnlich bleiche Gesicht Aljoschas mit den schwarzen Augen, die niemals zu zwinkern schienen, erinnerte ihn an Olga Iwanowna, wie sie auf den ersten Seiten des Romans gewesen war. Und er spürte das Verlangen, lieb zu dem Jungen zu sein.

»Komm mal her, Kleiner!« sagte er. »Ich will dich mal näher anschauen.«

Der Junge sprang vom Sofa und lief zu Bjeljajew.

»Na?« begann Nikolaj Iljitsch, die Hand auf seine schmächtige Schulter legend. »Wie geht's?«

»Was soll ich sagen? Früher ging es besser.«

»Wieso?«

»Sehr einfach! Früher bekamen wir, ich und Sonja, nur Lesen und Klavierübungen auf, und jetzt müssen wir auch noch französische Gedichte auswendig lernen. Sie waren aber neulich beim Friseur!«

»Ja, dieser Tage.«

»Das sehe ich eben. Ihr Bärtchen ist etwas kürzer geworden. Darf ich es anfassen? Es tut doch nicht weh?«

»Nein, es tut nicht weh.«

»Warum tut es weh, wenn man an einem einzigen Härchen zupft, und wenn man an vielen Haaren zugleich zupft, nicht? Ha, ha! Schade, daß Sie keinen Backenbart tragen. Hier müßte man ausrasieren, und an den Seiten ... Hier die Haare stehenlassen.«

Der Junge schmiegte sich an Bjeljajew und begann, mit seiner Uhrkette zu spielen. »Wenn ich aufs Gymnasium komme«, sagte er, »wird mir Mama eine Uhr kaufen. Ich werde sie bitten, daß sie mir auch so eine Uhrkette schenkt ... Was für ein Me-dail-lon! Papa hat auch so ein Medaillon, doch auf Ihrem sind hier Streifen und auf seinem – Buchstaben. Und innen hat er Mamas Bild. Papa hat jetzt eine andere Uhrkette, nicht aus Ringen, sondern wie ein Band.«

»Woher weißt du das? Kommst du denn mit dem Papa zusammen?«

»Ich? N-nein ... Ich ...«

Aljoscha errötete und begann, bei einer Lüge ertappt, vor lauter Verlegenheit das Medaillon mit dem Fingernagel zu kratzen. Bjeljajew sah ihn unverwandt an und fragte: »Siehst du manchmal den Papa?«

»N-ein!«

»Sag die Wahrheit, sei aufrichtig ... Ich sehe es doch deinem Gesicht an, daß du lügst. Wenn du dich schon einmal verplappert hast, dann mach keine Finten. Sag: Siehst du ihn manchmal? Ich frage dich wie einen Freund!«

Aljoscha wurde nachdenklich. »Sie werden es doch nicht der Mama sagen?« fragte er.

»Wie kommst du denn darauf!«

»Ihr Ehrenwort?«

»Mein Ehrenwort.«

»Schwören Sie!«

»Du bist unerträglich! Für wen hältst du mich denn?«

»Um Himmels willen, sagen Sie es nur nicht der Mama. Erzählen Sie es überhaupt keinem Menschen, denn es ist ein Geheimnis. Wenn es, Gott behüte, die Mama erfährt, werden wir alle – ich und Sonja und Pelageja – was erleben ... Hören Sie also: Den Papa sehen wir, ich und Sonja, jeden Dienstag und Freitag. Wenn wir am Vormittag mit der Pelageja spazierengehen, führt sie uns in die Apfel'sche Konditorei, und der Papa erwartet uns da schon. Er sitzt immer in dem kleinen Extrazimmer, Sie wissen, mit dem Marmortisch und der Aschenschale in Form einer Gans ohne Rücken ...«

»Was macht ihr denn da?«

»Gar nichts! Zuerst begrüßen wir uns, dann setzen wir uns alle an den Tisch, und Papa läßt uns Kaffee und Pastetchen bringen. Wissen Sie, die Sonja ißt Pastetchen mit Fleisch, und ich kann die mit Fleisch nicht ausstehen! Ich liebe die mit Kohl und Eiern. Wir essen uns voll, und später, beim Mittagessen, bemühen wir uns, viel zu essen, damit es die Mama nicht merkt.«

»Worüber sprecht ihr denn da?«

»Mit dem Papa? Über alles. Er küßt und umarmt uns und erzählt uns verschiedene komische Witze. Wissen Sie, er sagt, dass er uns ganz zu sich nehmen wird, wenn wir groß sind. Sonja will nicht, aber ich bin einverstanden. Ohne die Mama wird es natürlich langweilig sein, aber ich werde ihr Briefe schreiben! Ich versteh es nicht: Wir werden sie doch an Feiertagen besuchen können, nicht wahr? Dann hat Papa gesagt, daß er mir ein Pferd kaufen wird. Ein furchtbar guter Mensch! Ich weiß gar nicht, warum ihn die Mama nicht kommen läßt, damit er bei ihr wohnt, und warum sie es nicht haben will, daß wir mit ihm zusammenkommen. Er liebt die Mama doch sehr. Er fragt uns immer aus, wie es der Mama geht und was sie macht. Als sie krank war, griff er sich an den Kopf, so! ... und lief immer auf und ab. Er bittet uns immer, daß wir ihr folgen und sie ehren. Hören Sie, ist es wahr, daß wir unglücklich sind?«

»Hm ... Warum?«

»Der Papa sagt es. ›Ihr seid‹, sagt er, ›unglückliche Kinder.‹ Es ist doch wirklich merkwürdig! ›Betet‹, sagt er, ›zu Gott, für euch und für sie.‹«

Aljoscha heftete seinen Blick auf einen ausgestopften Vogel und wurde nachdenklich.

»So, so«, brummte Bjeljajew. »So treibt ihr es. Haltet in Konditoreien Versammlungen ab. Und die Mama weiß nichts davon?«

»N-nein ... Woher soll sie es wissen? Die Pelageja wird es ihr doch niemals sagen. Vorgestern brachte uns Papa Birnen mit. So süß wie Marmelade! Ich habe zwei Stück gegessen.«

»Hm ... Hör einmal ... Hat der Papa nichts über mich gesagt?«

»Über Sie? Was soll ich sagen …«

Aljoscha blickte Bjeljajew prüfend an und zuckte die Achseln.

»Nein, er hat nichts Besonderes gesagt.«

»Was hat er zum Beispiel gesagt?«

»Werden Sie auch nicht böse sein?«

»Wie kommst du denn darauf! Hat er denn auf mich geschimpft?«

»Geschimpft hat er nicht, aber … Wissen Sie, er ist Ihnen böse. Er sagt, daß die Mama durch Sie unglücklich geworden ist und daß Sie die Mama zugrunde gerichtet haben. Er ist doch so merkwürdig! Ich erkläre ihm, daß Sie gut sind und die Mama niemals anschreien, und er schüttelt nur den Kopf.«

»Hat er das gesagt: daß ich sie zugrunde gerichtet habe?«

»Ja. Seien Sie nur nicht böse, Nikolaj Iljitsch!«

Bjeljajew erhob sich vom Sofa, stand eine Weile da und fing dann an, auf und ab zu gehen.

»Es ist sonderbar und … lächerlich!« brummte er, die Achseln zuckend und höhnisch lacheld. »Er ist an allem schuld, und ich habe sie zugrunde gerichtet. Wie? Dieses Unschuldslamm! Hat er das wörtlich so gesagt, daß ich die Mama zugrunde gerichtet habe?«

»Ja, aber … Sie haben eben gesagt, daß Sie nicht böse sein werden.«

»Ich bin gar nicht böse und … Es ist auch nicht deine Sache! Ich bin der Hereingefallene, und da soll ich auch noch der Schuldige sein!«

Draußen ging die Klingel. Der Junge rannte hinaus. Nach einer Weile trat eine Dame mit einem kleinen Mädchen ins

Zimmer: Es war Olga Iwanowna, Aljoschas Mutter. Ihr folgte, hüpfend, mit den Armen schlenkernd und laut trällernd, Aljoscha. Bjeljajew nickte ihr zu und fuhr fort, auf und ab zu gehen.

»Natürlich, wen soll man auch anklagen, wenn nicht mich?« murmelte er schnaubend. »Er hat recht! Er ist der gekränkte Gatte!«

»Was meinst du eigentlich?« fragte Olga Iwanowna.

»Was ich meine? Hör einmal, was für Dinge dein Herr Gemahl predigt! Ich bin nämlich der Schuft und der Verbrecher! Ich habe dich und die Kinder zugrunde gerichtet. Ihr seid alle unglücklich, und nur ich allein bin so furchtbar glücklich! Furchtbar, furchtbar glücklich!«

»Nikolaj, ich verstehe nichts! Was ist los?«

»Hör nur, was dieser junge Herr erzählt!« sagte Bjeljajew, auf Aljoscha weisend.

Aljoscha wurde erst rot, dann blaß, und sein Gesicht verzerrte sich vor Entsetzen.

»Nikolaj Iljitsch!« flüsterte er laut. »Psst!«

Olga Iwanowna blickte erstaunt auf Aljoscha, dann auf Bjeljajew und dann wieder auf Aljoscha.

»Frag ihn nur!« fuhr Bjeljajew fort. »Deine Pelageja, diese dumme Gans, geht mit den Kindern in Konditoreien und richtet ihnen Zusammenkünfte mit dem Herrn Papa ein. Darum geht es aber nicht, sondern um die Tatsache, daß der Herr Papa leidet und ich ein Verbrecher und Schurke bin, der euer Leben zerstört hat!«

»Nikolaj Iljitsch!« stöhnte Aljoscha. »Sie haben doch Ihr Ehrenwort gegeben!«

»Ach, laß mich in Ruh!« sagte Bjeljajew, mit der Hand abwehrend. »Hier handelt es sich um etwas Wichtigeres als alle Ehrenworte. Mich empört hier die Heuchelei, die Lüge!«

»Ich verstehe gar nichts!« versetzte Olga Iwanowna, und in ihren Augen erglänzten Tränen. »Hör einmal, Aljoscha«, wandte sie sich an den Sohn, »kommst du manchmal mit deinem Vater zusammen?«

Aljoscha hörte nicht auf sie und blickte entsetzt Bjeljajew an.

»Es kann nicht sein!« sagte die Mutter. »Ich will mal die Pelageja ins Gebet nehmen!«

Olga Iwanowna ging hinaus.

»Hören Sie, Sie haben doch Ihr Ehrenwort gegeben!« sagte Aljoscha, am ganzen Leibe zitternd.

Bjeljajew winkte nur mit der Hand und fuhr fort, auf und ab zu gehen. Er dachte nur noch an die ihm zugefügte Kränkung und nahm die Anwesenheit des Jungen nicht mehr wahr. Er, der erwachsene und ernste Mann, hatte ganz andere Sorgen. Aljoscha setzte sich in eine Ecke und erzählte Sonja mit Entsetzen, wie man ihn betrogen hatte. Er zitterte, stotterte und weinte; zum erstenmal in seinem Leben war er so roh mit der Lüge zusammengestoßen; bisher hatte er nicht gewußt, daß es in dieser Welt außer den süßen Birnen, Pasteten und teuren Uhren auch noch vieles andere gab, wofür seine kindliche Sprache keinen Namen hatte.

—Der Rächer—

Kurz nachdem er seine Frau auf frischer Tat ertappt hatte, stand Fjodor Fjodorowitsch Sigajew in der Waffenhandlung Schmucks & Co. und suchte nach einem passenden Revolver. Sein Gesicht drückte Zorn, Schmerz und unbedingte Entschlossenheit aus. Ich weiß wohl, was ich zu tun habe, dachte er sich, das Familienprinzip ist beschimpft, die Ehre in den Schmutz gezogen, das Laster triumphiert, und darum muß ich als Bürger und anständiger Mensch das Amt eines Rächers übernehmen. Zuerst töte ich sie und ihren Geliebten; dann mich und ... Er hatte zwar noch keinen Revolver gewählt und niemanden getötet, doch seine Phantasie zeigte ihm schon drei blutende Leichen, zersprengte Schädel, herausquellende Gehirne, den Skandal, die Menge müßiger Zuschauer und die Obduktion ... Mit der Schadenfreude eines Gekränkten stellte er sich das Entsetzen der Verwandtschaft und des Publikums vor, den Todeskampf der Ehebrecherin und las in Gedanken schon die Zeitungsartikel über die Zersetzung der Familienprinzipien.

Der Verkäufer, ein bewegliches Männlein mit einem dicken Bauch und weißer Weste – er sah wie ein Franzose aus –, legte ihm einen Revolver nach dem anderen vor und sagte, respektvoll lächelnd und immerzu Kratzfüße machend: »Ich möchte Ihnen raten, mein Herr, diesen wunderschönen Revolver zu nehmen. System Smith & Wesson. Das letzte

Wort der Feuerwaffentechnik. Mit dreifacher Wirkung, hat einen Patronenauswerfer, schießt sechshundert Schritt weit, Zentralfeuersystem. Beachten Sie nur die wunderbare Arbeit, mein Herr. Es ist das allerneueste System. Wir verkaufen täglich an die zehn Stück als Mittel gegen Räuber, Wölfe und Ehebrecher. Die Wirkung ist zuverlässig und äußerst stark, er schießt auf größte Distanz und durchbohrt zugleich die Frau und ihren Geliebten. Und was den Selbstmord betrifft, so kenne ich überhaupt kein besseres System, mein Herr ...«

Der Verkäufer spannte und entspannte die Hähne, hauchte die Läufe an, zielte und tat so, als ginge ihm vor Entzücken der Atem aus. Wenn man sein begeistertes Gesicht sah, hätte man glauben können, daß er sich selbst gern eine Kugel in die Stirn gejagt hätte, wenn er nur einen Revolver von einem so herrlichen System wie Smith & Wesson besessen hätte.

»Und was kostet er?« fragte Sigajew.

»Fünfundvierzig Rubel, mein Herr.«

»Hm! Das ist mir zu teuer!«

»In diesem Fall will ich Ihnen ein anderes System vorlegen, mein Herr, das etwas billiger ist. Sehen Sie nur! Wir haben eine riesengroße Auswahl in allen Preislagen. Zum Beispiel dieser Revolver, System Lefaucheur, kostet bloß achtzehn Rubel, aber (der Verkäufer verzog verächtlich das Gesicht) ... aber, mein Herr, dieses System ist schon veraltet. Es wird nur noch von geistigen Proletariern und hysterischen Frauen gekauft. Sich selbst oder seine Frau mit einem Lefaucheur-Revolver zu erschießen gilt jetzt als geschmacklos. Der gute Ton erkennt nur das System Smith & Wesson an.«

»Ich will weder Selbstmord begehen noch jemanden

erschießen«, log Sigajew düster. »Ich kaufe ihn nur für die Sommerfrische, um die Diebe zu verscheuchen ...«

»Uns interessiert es gar nicht, wofür Sie ihn kaufen«, sagte der Verkäufer mit bescheiden gesenkten Augen. »Wenn wir in jedem Fall den Gründen nachgehen wollten, so müßten wir wohl unseren Laden schließen. Zum Verscheuchen von Dieben taugt aber der Lefaucheur gar nicht, denn er gibt nur einen leisen, dumpfen Knall von sich; zu diesem Zweck würde ich Ihnen die gewöhnliche Mortimer-Pistole empfehlen, eine sogenannte Duell-Pistole.«

Soll ich ihn zum Duell fordern? ging es Sigajew durch den Kopf. Das wäre aber zu viel der Ehre! Solche Halunken erschießt man einfach wie die Hunde ...

Der Verkäufer legte, immer graziös tänzelnd, lächelnd und plaudernd, einen ganzen Haufen von Revolvern vor ihn hin. Am appetitlichsten und solidesten sah der von Smith & Wesson aus. Sigajew nahm einen Revolver dieses Systems in die Hand, starrte ihn stumpfsinnig an und versank in Gedanken. Seine Phantasie malte ihm aus, wie er die Schädeldecke sprengte, wie das Blut in Strömen über den Teppich und das Parkett floß, wie die Ehebrecherin im Sterben mit dem Fuß zuckte. Dies alles aber war für seine empörte Seele noch zu wenig. Die blutigen Bilder, die Schreie und das Entsetzen genügten ihm noch nicht. Er mußte noch etwas Schrecklicheres erfinden. Ich mache es so, sagte er sich, ich töte ihn und mich. Sie lasse ich am Leben. Soll sie nur an Gewissensbissen und an der Verachtung ihrer Umgebung zugrunde gehen. Für so ein nervöses Geschöpf wie sie ist das qualvoller als der Tod. Und er stellte sich seine eigene Beerdigung vor: Er, der gekränkte Gatte, lag mit einem sanften Lächeln auf den

Lippen im Sarg, und sie folgte, blaß, von Gewissensbissen gepeinigt, wie Niobe dem Sarg und wußte nicht, wie sich vor den vernichtenden, verächtlichen Blicken verbergen, die ihr die empörte Menge zuwarf ...

»Ich sehe, mein Herr, daß Ihnen Smith & Wesson am besten gefällt«, unterbrach der Verkäufer seine Träume. »Wenn er Ihnen zu teuer erscheint, will ich gern fünf Rubel nachlassen. Wir haben übrigens auch andere Systeme, die etwas billiger sind.« Das Männlein mit der französischen Figur wandte sich graziös um und holte noch ein weiteres Dutzend Futterale mit Revolvern von den Regalen. »Hier haben Sie etwas für dreißig Rubel, mein Herr. Das ist wirklich nicht teuer, um so mehr, als der Rubelkurs gefallen ist, während die Einfuhrzölle von Tag zu Tag steigen. Mein Herr, ich schwöre Ihnen, ich bin zwar konservativ gesinnt, aber auch ich fange schon an zu murren! Ich bitte Sie: Der Kurs und die Einfuhrzölle haben es bewirkt, daß nur reiche Leute Waffen kaufen können. Den Armen bleiben nur die in Tula hergestellten Waffen und Phosphorzündhölzer; die Tulaer Waffen sind aber ein wahres Unglück! Man schießt aus so einem Revolver auf seine Frau und trifft sich selbst ins Schulterblatt ...«

Sigajew tat es plötzlich leid, daß er, wenn er tot wäre, die Qualen der Treulosen nicht zu sehen bekäme. Rache war doch nur dann süß, wenn man die Möglichkeit hatte, ihre Früchte zu sehen und zu betasten; was hatte man aber davon, wenn man im Sarg lag und nichts empfand? Vielleicht sollte ich es so machen, überlegte er sich. Ich töte ihn, gehe zur Beerdigung, sehe alles an und erschieße mich dann. Im übrigen würde man mich vor der Beerdigung verhaften und mir die Waffe wegnehmen. Also, ich töte ihn, sie bleibt am Leben, und ich … ich bringe mich zunächst nicht um, sondern lasse mich verhaften. Mich umzubringen, habe ich immer noch Zeit. Die Verhaftung hat das Gute, daß ich bei der Voruntersuchung die Möglichkeit habe, vor den Behörden und der Öffentlichkeit die ganze Gemeinheit ihres Benehmens aufzudecken. Wenn ich mich umbringe, wäre sie imstande, mit der ihr eigenen Verlogenheit und Frechheit die ganze Schuld auf mich abzuwälzen, und die Öffentlichkeit wird ihr recht geben und vielleicht auch meiner spotten; wenn ich aber am Leben bleibe, so …

Nach einer Minute dachte er: Ja, wenn ich mich töte, wird man mich vielleicht eines kleinlichen Gefühls verdächtigen. Außerdem, warum soll ich mich überhaupt töten? Das ist das eine. Und das andere: Selbstmord ist Feigheit. Also: Ich töte ihn, lasse sie am Leben und komme selbst vor Gericht. Bei der Verhandlung wird sie als Zeugin vernommen werden. Ich kann mir lebhaft ihre Schande, ihre Verlegenheit vorstellen, wenn mein Verteidiger seine Fragen an sie richtet. Die Sympathien des Gerichts, des Publikums und der Presse werden selbstverständlich auf meiner Seite sein. So überlegte er, während ihm der Verkäufer immer neue Ware zeigte und sich bemühte, den Kunden zu unterhalten.

»Hier sind englische Revolver des neuesten Systems, wir haben sie erst vor kurzem erhalten. Aber ich muß Ihnen sagen, mein Herr, daß all diese Systeme vor dem Smith & Wesson verblassen. Dieser Tage – Sie haben es wohl schon gelesen – kaufte ein Offizier einen Revolver von Smith & Wesson bei uns. Er schoß auf den Geliebten seiner Frau, und was glauben Sie? Die Kugel ging durch und durch, durchschlug eine Bronzelampe, dann ein Klavier, prallte ab, tötete ein Schoßhündchen und verwundete die Frau. Dieser glänzende Effekt macht unserer Firma alle Ehre. Der Offizier wurde verhaftet. Er wird natürlich zu Zwangsarbeit in Sibirien verurteilt werden. Erstens haben wir eine veraltete Gesetzgebung, und zweitens, mein Herr, ist das Gericht immer auf der Seite des Ehebrechers. Warum? Es ist sehr einfach, mein Herr! Die Richter, die Geschworenen, der Staatsanwalt und der Verteidiger, alle haben Verhältnisse mit anderen Frauen und fühlen sich sicherer, wenn es in Rußland einen Gatten weniger gibt. Unserer Gesellschaft wäre es am angenehmsten, wenn die Regierung alle Ehemänner auf die Insel Sachalin verbannen würde. Oh, mein Herr, Sie wissen gar nicht, wie tief mich die heutige Sittenverderbnis empört! Mit einer fremden Frau ein Verhältnis zu haben ist jetzt ebenso normal, wie fremde Zigaretten zu rauchen oder fremde Bücher zu lesen. Unser Geschäft geht von Jahr zu Jahr schlechter, das bedeutet nicht, daß es weniger Ehebrecher gibt, sondern nur, daß die Männer sich mit diesem Zustand abgefunden haben und das Zuchthaus fürchten.« Der Verkäufer sah sich um und flüsterte: »Und wer hat die Schuld, mein Herr? Die Regierung!«

Wegen eines solchen Schweins nach Sachalin zu kommen wäre unvernünftig, überlegte Sigajew. Wenn ich ins Zuchthaus komme, kann meine Frau ein zweites Mal heiraten und auch ihren zweiten Mann betrügen. Sie wird triumphieren ... Also, sie lasse ich am Leben, mich bringe ich nicht um, und ihn ... bringe ich auch nicht um. Ich muß etwas Vernünftigeres und Gefühlvolleres erfinden. Ich werde sie beide mit Verachtung strafen und einen aufsehenerregenden Ehescheidungsprozeß anstrengen.

»Hier, mein Herr, ist noch ein neues System«, sagte der

Verkäufer, ein neues Dutzend Revolver vom Regal herunter-holend. »Belieben Sie nur den originellen Mechanismus des Schlosses zu beachten ...«

Sigajew brauchte nach seinem neuen Entschluß keinen Revolver mehr, der Verkäufer geriet aber immer mehr in Begeisterung, zeigte ihm immer neue Systeme. Der in seiner Ehre gekränkte Gatte schämte sich schon, daß der Verkäufer sich seinetwegen so sehr abmühte, sich begeisterte, lächelte und unnütz seine Zeit verlor.

»Schön, in diesem Fall ...«, stammelte er, »komme ich später vorbei, oder ... oder ich schicke jemanden her.«

Er konnte den Gesichtsausdruck des Verkäufers nicht sehen, doch um die peinliche Situation zu vertuschen, fühlte er sich verpflichtet, irgend etwas zu kaufen. Was aber sollte er kaufen? Er sah sich im Laden nach einem möglichst billigen Gegenstand um und heftete seinen Blick schließlich auf ein grünes Netz, das neben der Tür hing.

»Das da, was ist das eigentlich?« fragte er.

»Das ist ein Netz für den Wachtelfang.«

»Was kostet es?«

»Acht Rubel, mein Herr.«

»Gut, packen Sie es mir ein.«

Der gekränkte Gatte bezahlte die acht Rubel, nahm das Netz und verließ, noch tiefer gekränkt, den Laden.

— Teure Stunden —

Für einen gebildeten Menschen ist die mangelnde Kenntnis fremder Sprachen oft sehr hinderlich. Worotow bekam das zu spüren, als er sich, nachdem er die Universität mit dem Grad eines Kandidaten absolviert hatte, an eine kleine wissenschaftliche Arbeit machte. »Es ist schrecklich!« sagte er keuchend (trotz seiner sechsundzwanzig Jahre war er schon dick und aufgedunsen und litt an Atemnot). »Es ist schrecklich! Ohne Sprachen bin ich wie ein Vogel ohne Flügel. Ich müßte einfach die ganze Arbeit aufgeben.«

Er entschloß sich, seine angeborene Faulheit um jeden Preis niederzuringen und die französische und die deutsche Sprache zu erlernen, und fing an, sich nach Lehrern umzusehen. An einem Winternachmittag, als er in seinem Zimmer saß und arbeitete, meldete ihm der Diener, daß ein Fräulein ihn sprechen wolle.

»Bitte sie herein«, sagte Worotow.

Ins Arbeitszimmer trat eine junge, nach der letzten Mode gekleidete Dame. Sie stellte sich als die französische Sprachlehrerin Alice Ossipowna Enquête vor und sagte, daß einer der Freunde Worotows sie zu ihm geschickt habe.

»Sehr angenehm! Nehmen Sie bitte Platz!« sagte Worotow, um Atem ringend und mit der Hand den Kragen seines Nachthemdes verdeckend. (Um leichter zu atmen, pflegte er immer im Nachthemd zu arbeiten.) »Pjotr Sergejewitsch hat

Sie empfohlen? Ja, ja, ich habe ihn darum gebeten ... Freut mich sehr!«

Während er mit Mademoiselle Enquête verhandelte, blickte er sie schüchtern und neugierig an. Sie war eine echte, sehr graziöse und noch sehr junge Französin. Nach ihrem blassen und verträumten Gesicht, den kurzen Locken und der unnatürlich dünnen Taille zu schließen, mochte sie höchstens achtzehn Jahre alt sein; als Worotow aber ihre breiten, gut entwickelten Schultern, den hübschen Rücken und die strengen Augen sah, dachte er sich, daß sie doch dreiundzwanzig, wenn nicht fünfundzwanzig sein müsse; dann aber kam es ihm wieder vor, als wäre sie erst achtzehn. Ihr Gesichtsausdruck war kühl und geschäftlich, wie bei einem Menschen, der gekommen ist, um über Geldangelegenheiten zu sprechen. Sie lächelte kein einziges Mal, zog auch nicht die Stirn kraus und schaute nur einmal erstaunt, als sie erfuhr, daß sie keine Kinder, sondern einen erwachsenen dicken Herrn zu unterrichten habe.

»Also, Alice Ossipowna«, sagte Worotow, »wir wollen die Stunde von sieben bis acht Uhr abends festsetzen. Und was Ihren Wunsch betrifft, einen Rubel für die Stunde zu bekommen, so habe ich nichts dagegen. Gut, meinetwegen einen Rubel die Stunde.« Er fragte sie noch, ob sie nicht eine Tasse Tee oder Kaffee wolle und ob draußen schönes Wetter sei; gutmütig lächelnd und mit der Hand das Tuch des Schreibtisches streichelnd, erkundigte er sich leutselig, wer sie sei, welche Studien sie gemacht habe und wovon sie lebe.

Alice Ossipowna antwortete mit kühlem, geschäftlichem Ausdruck, daß sie ein Privatpensionat absolviert und das Lehrerinnenexamen gemacht habe; daß ihr Vater unlängst an Scharlach gestorben sei, die Mutter aber noch lebe und künstliche Blumen herstelle; daß sie, Mademoiselle Enquête selbst, am Vormittag in einem Privatpensionat unterrichte, am Nachmittag aber bis zum Abend in besseren Häusern Stunden gebe.

Sie ging und ließ einen leichten, sehr zarten Duft ihres Kleides zurück. Worotow konnte dann lange Zeit nicht mehr arbeiten; er saß am Schreibtsch, streichelte mit den Händen das grüne Tuch und hing seinen Gedanken nach. Es ist angenehm, ein junges Mädchen zu sehen, das sich selbst sein Brot verdient, dachte er sich. Andererseits ist es doch schmerzlich, daß die Not selbst so graziöse und hübsche junge Mädchen wie diese Alice Ossipowna nicht verschont und daß auch sie ums Dasein kämpfen muß. Traurig! Er, der noch nie eine tugendhafte Französin gesehen hatte, glaubte, daß die so elegant gekleidete Alice Ossipowna mit ihren gut entwickelten Schultern und der unnatürlich feinen Taille außer den Stunden vielleicht auch noch eine andere Erwerbsquelle habe.

Am nächsten Abend, fünf Minuten vor sieben, kam Alice Ossipowna, ganz rosig vor Kälte. Sie schlug das Lehrbuch von Margot auf, das sie mitgebracht hatte, und begann ohne jede Einleitung: »Die französische Grammatik hat sechsundzwanzig Buchstaben. Der erste Buchstabe heißt A, der zweite B ...«

»Entschuldigen Sie«, unterbrach sie Worotow lächelnd, »ich möchte Ihnen sagen, Mademoiselle, daß Sie Ihre Methode für meine Person etwas ändern müssen. Ich kann nämlich gut Russisch, Latein und Griechisch. Ich habe Vergleichende Sprachwissenschaft studiert und glaube, daß wir, ohne erst den Margot durchzunehmen, gleich zur Lektüre irgendeines Autors schreiten können.« Und er erklärte der Französin, wie Erwachsene fremde Sprachen zu erlernen pflegen. »Einer meiner Bekannten, der neue Sprachen erlernen wollte, legte ein französisches, deutsches und lateinisches Neues Testament vor sich hin und las sie parallel, wobei er aufmerksam jedes Wort analysierte. Und was glauben Sie? Er erreichte sein Ziel in weniger als einem Jahr. Wir wollen es ebenso machen. Wir nehmen irgendeinen Autor vor und versuchen zu lesen.«

Die Französin sah ihn verständnislos an. Der Vorschlag Worotows erschien ihr offenbar naiv und dumm. Hätte ihr diesen seltsamen Vorschlag ein jüngerer Schüler gemacht, wäre sie wohl böse geworden und hätte ihn angeschrien; da sie aber einen erwachsenen und sehr dicken Menschen vor sich hatte, den sie nicht anschreien durfte, zuckte sie kaum merklich die Achseln und sagte: »Wie Sie wünschen.«

Worotow suchte in seinem Bücherschrank und zog ein zerfetztes französisches Buch heraus. »Ist dieses geeignet?« fragte er.

»Es ist ganz gleich.«

»Also fangen wir mit Gottes Hilfe an. Beginnen wir mit dem Titel ... *Mémoires*.«

»Erinnerungen«, übersetzte Mademoiselle Enquête.

»Erinnerungen«, wiederholte Worotow.

Gutmütig lächelnd und schwer atmend gab er sich eine Viertelstunde mit dem Wort »*Mémoires*« und ebenso lange mit dem »*de*« ab. Das ermüdete Alice Ossipowna. Sie beantwortete matt seine Fragen, widersprach sich oft, verstand ihren Schüler offenbar schlecht und gab sich auch keine Mühe, ihn zu verstehen. Worotow stellte ihr seine Fragen, blickte dabei ab und zu auf ihr blondes Köpfchen und dachte sich: Es sind keine natürlichen Locken, sie brennt sich das Haar. Merkwürdig! Sie arbeitet von morgens bis abends und findet dabei Zeit, sich das Haar zu brennen. Punkt acht Uhr erhob sie sich, sagte trocken und kühl: »*Au revoir, monsieur!*« und verließ das Zimmer. Wieder blieb jener zarte, feine, aufregende Duft zurück. Der Schüler tat wieder lange Zeit nichts; er saß am Tisch und dachte.

In den folgenden Tagen überzeugte er sich, daß seine Lehrerin nett, ernst und pünktlich, doch sehr ungebildet war und es gar nicht verstand, einen Erwachsenen zu unterrichten. Um keine Zeit zu verlieren, entschied er deshalb, sich von ihr zu trennen und einen anderen Lehrer zu nehmen. Als sie zum siebtenmal kam, holte er ein Couvert mit sieben Rubeln aus der Tasche und begann, es in der Hand haltend, sehr verlegen: »Entschuldigen Sie, Alice Ossipowna, ich muß Ihnen sagen, daß ich ... leider ... genötigt bin ...«

Als die Französin das Couvert sah, verstand sie sofort, um was es sich handelte. Durch ihr Gesicht ging zum erstenmal seit Beginn des Unterrichts ein Zittern, und der kühle, geschäftliche Ausdruck verschwand. Sie errötete leicht, senkte die Augen und fing an, nervös an ihrem dünnen goldenen Kettchen zu nesteln. Als Worotow ihre Erregung bemerkte, begriff er, was ein Rubel für sie bedeutete und wie bitter es für sie war, diese Verdienstmöglichkeit zu verlieren.

»Ich muß Ihnen sagen ...«, murmelte er in noch größerer Verlegenheit – in seiner Brust krampfte sich etwas zusammen, er steckte das Couvert schnell in die Tasche und fuhr fort: »Entschuldigen Sie, ich ... ich muß Sie für zehn

Minuten allein lassen ...« Er tat so, als hätte er gar nicht die Absicht gehabt, ihr zu kündigen, sondern als hätte er sie nur um Erlaubnis bitten wollen, sie für eine Weile allein zu lassen. Er ging ins Nebenzimmer, wo er zehn Minuten blieb. Als er zurückkam, fühlte er sich in noch größerer Verlegenheit als zuvor. Er sagte sich, daß sie sein Verschwinden für die kurze Zeit irgendwie falsch auffassen könnte, und das war ihm peinlich.

Der Unterricht wurde fortgesetzt. Worotow lernte ohne jede Lust. Da er wußte, daß diese Stunden doch zu nichts führen würden, gab er der Französin volle Freiheit, stellte keine Fragen und unterbrach sie nicht mehr. Sie übersetzte, wie sie wollte, in jeder Stunde an die zehn Seiten, er aber hörte ihr gar nicht zu, atmete schwer und betrachtete, um die Zeit totzuschlagen, bald ihren lockigen Kopf, bald den Hals, bald die zarten weißen Hände und atmete den Duft ihres Kleides ein. Er ertappte sich bei häßlichen Gedanken und schämte sich ihrer; oder aber er wurde rührselig, und dann ärgerte er sich, daß sie sich ihm gegenüber so kühl und geschäftsmäßig benahm wie gegenüber einem Schüler, daß sie nie lächelte und zu fürchten schien, er könne sie zufällig berühren. Er fragte sich immer, wie er ihr Zutrauen einflößen und sie näher kennenlernen könnte, um ihr dann zu helfen und zu erklären, wie schlecht die Ärmste unterrichtete.

Einmal kam Alice Ossipowna in einem eleganten rosa Kleid mit kleinem Halsausschnitt in die Stunde. Ihr entströmte ein so starker Duft, daß man unwillkürlich glaubte, sie wäre in eine Wolke gehüllt und würde davonfliegen oder wie Rauch verschwinden, wenn man sie nur anbliese. Sie entschuldigte sich und sagte, daß sie heute nur eine halbe Stunde bleiben könne, da sie gleich nach der Stunde auf einen Ball gehen wolle.

Er sah ihren Hals und den in der Nähe des Halses entblößten Rücken und glaubte zu verstehen, weshalb die Französinnen für leichtsinnige und leicht zu verführende Geschöpfe gehalten wurden. Er ertrank in diesem Nebel aus Duft, Schönheit und Entblößung. Sie aber ahnte nichts von seinen Gedanken, kümmerte sich wohl auch nicht um sie, blätterte schnell eine Seite nach der anderen um und übersetzte mit Volldampf: »Er ging über die Straße und traf einen Herrn seiner Bekannten und sagte: ›Wohin streben Sie? Wenn ich Ihr Gesicht so blaß sehe, bereitet mir das Schmerz.‹«

Die »*Mémoires*« waren schon längst erledigt, und Alice übersetzte jetzt ein anderes Buch. Einmal kam sie eine Stunde zu früh und entschuldigte sich damit, daß sie ins Kleine Theater wolle. Als sie gegangen war, zog Worotow sich um und begab sich gleichfalls ins Theater. Wie er glaubte, ging er nur hin, um sich ein bisschen zu zerstreuen und zu erholen, ohne an Alice zu denken. Er hätte auch gar nicht eingestehen können, daß ein ernster, schwerfälliger Mann, der sich für die wissenschaftliche Laufbahn vorbereitete, imstande wäre, alles liegen zu lassen und ins Theater zu gehen, nur um dort ein gar nicht gebildetes, wenig intelligentes junges Mädchen, das er obendrein wenig kannte, zu treffen. Doch in den Pausen hatte er, er wußte selbst nicht, warum, Herzklopfen. Ohne es zu merken, lief er wie ein grüner Junge durchs Foyer und die Gänge und suchte ungeduldig mit den Blicken; wenn aber eine Pause zu Ende war, empfand er Langeweile. Als er das ihm bekannte rosa Kleid und die hübschen Schultern unter Tüll erblickte, krampfte sich sein Herz wie in der Vorahnung eines Glücks zusammen, er lächelte freudig und fühlte zum erstenmal in seinem Leben etwas wie Eifersucht.

Alice ging in Begleitung zweier Studenten mit unschönen Gesichtern und eines Offiziers. Sie lachte, sprach laut und kokettierte. Worotow hatte sie noch nie so gesehen. Offenbar war sie glücklich, zufrieden, aufrichtig und warm. Warum? Weshalb? Vielleicht, weil diese Menschen ihr nahestanden und dem gleichen Kreis angehörten wie sie selbst ... Und Worotow sah einen Abgrund zwischen sich und diesem Kreis. Er machte eine Verbeugung, sie aber nickte ihm nur kühl zu und ging schnell vorüber. Offenbar wollte sie nicht, daß ihre Kavaliere erfuhren, daß sie Schüler hatte und aus Not Stunden gab.

Nach dieser Begegnung im Theater begriff Worotow, daß er verliebt war. Wenn er während der folgenden Stunden seine hübsche Lehrerin mit den Augen verschlang, kämpfte er nicht mehr gegen sich selbst, sondern gab all seinen keuschen Gedanken volle Freiheit. Alice Ossipownas Gesicht blieb nach wie vor kühl, jeden Abend um Punkt acht sagte sie ihm ruhig »*Au revoir, monsieur*«. Er spürte, daß sie ihm gegenüber gleichgültig war und gleichgültig bleiben würde, und seine Lage kam ihm hoffnungslos vor. Zuweilen ließ er während der Stunde seiner Phantasie die Zügel schießen, hoffte, baute Luftschlösser, legte sich in Gedanken eine Liebeserklärung zurecht und dachte daran, daß die Französinnen leichtsinnig und leicht zu verführen seien. Doch wenn er nur das Gesicht seiner Lehrerin ansah, erloschen seine Gedanken sofort, wie eine Kerze erlischt, wenn man sie bei Wind auf die Veranda der Sommerwohnung hinausträgt. Einmal war er so berauscht, daß er sich ganz vergaß und ihr, als sie nach der Stunde sein

70

Zimmer verließ, in den Weg trat und keuchend und stotternd eine Liebeserklärung machte.

»Sie sind mir teuer! Ich ... ich liebe Sie! Lassen Sie mich sprechen!«

Alice erbleichte – wahrscheinlich aus Angst, daß sie nach dieser Erklärung nicht mehr zu ihm kommen dürfe und den Rubel für die Stunde verlieren würde. Sie machte ein erschrockenes Gesicht und flüsterte laut: »Ach, das dürfen Sie nicht! Ich bitte Sie, sprechen Sie nicht so! Das dürfen Sie nicht!«

Worotow schlief darauf die ganze Nacht nicht. Er verging vor Scham, machte sich Vorwürfe und dachte angespannt nach. Er glaubte, daß er das junge Mädchen mit seiner Erklärung beleidigt hatte und sie nun nicht mehr kommen würde. Er entschloß sich, am nächsten Morgen ihre Adresse bei der Polizei zu erfragen und ihr einen Entschuldigungsbrief zu schreiben. Alice kam aber auch ohne den Brief. In den ersten Momenten war sie etwas befangen, dann aber schlug sie das Buch auf und fing an, schnell und resolut wie immer zu übersetzen: »Oh, junger Herr, zerreißen Sie nicht die Blumen in meinem Garten, die ich meiner kranken Tochter geben will ...«

Auch heute noch kommt sie zu ihm. Vier Bücher sind schon übersetzt, aber Worotow weiß nichts außer dem Wort »*Mémoires*«. Wenn man ihn nach seiner wissenschaftlichen Arbeit fragt, winkt er abwehrend mit der Hand und bringt die Rede auf das Wetter.

~ Erzählung der Frau N. N. ~

Vor neun Jahren, um die Zeit der Heuernte, ritt ich eines
Abends mit Pjotr Sergejewitsch, der damals Hilfsuntersuchungsrichter war, zur Bahnstation, um die Post zu holen.
Das Wetter war herrlich, aber auf dem Rückweg hörten wir
plötzlich fernes Donnergrollen und sahen eine böse schwarze Wolke, die direkt auf uns zuzog. Die Wolke näherte sich
uns, und wir ritten ihr entgegen. Vor diesem dunklen Hinter-
grund hoben sich unser weißes Haus, die weiße Kirche und
die silbernen Pappeln grell ab. Es roch nach Regen und frisch-
gemähtem Gras. Mein Begleiter war besonders gut aufgelegt.
Er lachte viel und redete lauter Unsinn. Er sagte, daß es gut
wäre, wenn wir unterwegs auf ein mittelalterliches Schloß mit
Zinnen und Türmen stießen, wo alles von Moos überwuchert
wäre und Eulen hausten, und uns darin vor dem Regen ver-
stecken könnten, und wenn uns schließlich ein Blitz träfe ...

Da lief aber schon die erste Welle über das Korn und den
Hafer, und ein heftiger Windstoß hob eine Staubwolke in
die Luft und ließ sie kreisen. Pjotr Sergejewitsch lachte und
gab seinem Pferd die Sporen. »Wie schön!« rief er aus. »Wie
wunderschön!«

Er hatte mich mit seiner fröhlichen Stimmung angesteckt.
Ich dachte daran, daß ich gleich naß bis auf die Knochen
werden würde oder auch vom Blitz getroffen werden könnte,
und fing wie er an zu lachen. Dieser Sturm und der schnelle

Ritt gegen den Wind raubten mir den Atem. Ich fühlte mich wie ein Vogel, und meine Brust hob und senkte sich in höchster Erregung. Als wir unseren Hof erreichten, hatte sich der Wind bereits gelegt, und große, schwere Regentropfen prasselten auf den Rasen und auf die Dächer nieder. In der Nähe der Stallungen war kein Mensch zu sehen.

Pjotr Sergejewitsch zäumte eigenhändig beide Pferde ab und brachte sie in den Stall. Ich stand indessen an der Schwelle und sah auf die schrägen Regenstreifen. Der süßliche, aufregende Heuduft war hier stärker als draußen auf dem Feld; die Wolken und der Regen dämpften das Tageslicht, und alles sah wie in der Dämmerung aus.

»Das war ein Schlag!« sagte Pjotr Sergejewitsch, nach einem sehr starken, dröhnenden Donnerschlag auf mich zugehend. Es krachte, als ob der Himmel in Stücke ginge. »Das war doch schön?«

Er stand neben mir auf der Schwelle, immer noch keuchend nach dem raschen Ritt, und sah mich an. Ich spürte, daß er mich bewunderte.

»Natalia Wladimirowna«, sagte er, »ich würde alles hingeben, nur um immer so stehen und auf Sie schauen zu dürfen. Sie sind heute so schön.«

Er blickte mich flehend und entzückt an, sein Gesicht war blaß, in seinem Bart glänzten Regentropfen, und es kam mir so vor, als ob auch sie mich mit Liebe ansähen.

»Ich liebe Sie«, sagte er. »Ich liebe Sie und bin glücklich, daß ich Sie sehe. Ich weiß, daß Sie nicht die meinige werden können, aber ich will nichts, und ich brauche nichts. Ich will nur, daß Sie wissen, wie sehr ich Sie liebe. Schweigen Sie, sagen Sie nichts, schenken Sie mir keine Beachtung; aber fühlen Sie, wie teuer Sie mir sind, und lassen Sie mich Sie anschauen.«

Seine Erregung ergriff auch mich. Ich sah sein begeistertes Gesicht, ich hörte seine Stimme, die sich mit dem Rauschen des Regens vermengte, und stand regungslos und wie bezaubert da. Ich wollte immer nur diese glänzenden Augen sehen und seine Stimme hören.

»Sie schweigen, und das ist schön!« sagte Pjotr Sergejewitsch. »Bleiben Sie so!«

Mir war so wohl zumute. Ich lachte vor Vergnügen und rannte durch den Regen nach Hause; auch er lachte und lief mir hüpfend nach. Wir stürzten beide, wie Kinder polternd, durchnäßt und atemlos ins Zimmer. Mein Vater und mein Bruder, die nicht gewohnt waren, mich lachend und ausgelassen zu sehen, sahen mich erstaunt an und begannen gleichfalls zu lachen.

Die Gewitterwolken verzogen sich, der letzte Donner war verhallt, aber in Pjotr Sergejewitschs Bart glänzten noch immer Regentropfen. Er sang und pfiff den ganzen Abend bis zum Abendbrot, spielte mit unserem Hund und jagte ihm so wild von Zimmer zu Zimmer nach, daß er beinahe den Diener, der den Samowar brachte, umgeworfen hätte. Beim Abendbrot aß er sehr viel, redete Unsinn und behauptete, daß man, wenn man im Winter eine frische Gurke esse, den Duft des Frühlings im Munde habe.

Als ich vor dem Schlafengehen das Licht anzündete und mein Schlafzimmerfenster weit öffnete, überkam mich ein eigentümliches, unbestimmtes Gefühl. Ich dachte daran, daß ich frei, gesund, vornehm und reich war, daß ich geliebt wurde; doch vor allen Dingen, daß ich vornehm und reich war;

vornehm und reich, mein Gott, wie schön war das! Und als ich nachher im Bett lag und ob der nächtlichen Kühle, die aus dem Garten in mein Zimmer drang, leicht zitterte, fragte ich mich, ob ich Pjotr Sergejewitsch liebte oder nicht. Ich konnte mir keine Rechenschaft darüber abgeben und schlief schließlich ein.

Als ich am nächsten Morgen die zitternden Sonnenflekken und die Schatten der Lindenzweige auf meinem Bett sah, lebte in meiner Erinnerung alles von neuem auf, was am Tag zuvor vorgefallen war. Das Leben erschien mir so reich, bunt und voller Reize. Ich kleidete mich, immer vor mich hin trällernd, an und lief in den Garten …

Was weiter geschah? Nichts. Im Winter, als wir wieder in der Stadt wohnten, besuchte uns Pjotr Sergejewitsch sehr selten. Leute, die man auf dem Land kennengelernt hat, haben nur im Sommer und auf dem Land ihren Reiz; im Winter und in der Stadt verlieren sie die Hälfte ihrer Anziehungskraft. Wenn sie bei uns in der Stadt am Teetisch sitzen, scheint es uns immer, daß sie viel zu weite Röcke anhaben und ihren Tee viel zu lange umrühren. Pjotr Sergejewitsch sprach auch in der Stadt zuweilen von seiner Liebe, es klang aber ganz anders als auf dem Land. In der Stadt fühlten wir viel deutlicher die Mauer, die uns voneinander trennte: Ich war reich und vornehm und er arm, bürgerlicher Herkunft, Sohn eines Küsters und nur Hilfsuntersuchungsrichter. Wir beide – ich, weil ich jung war, und er, ich weiß nicht, warum – hielten diese Mauer für stark und unüberwindlich. Wenn er uns in der Stadt besuchte, lächelte er gezwungen und kritisierte die vornehme Welt oder schwieg, wenn sonst jemand im Zimmer war. Es gibt keine Mauer, die nicht zu durchbrechen ist, aber die Romanhelden von heute sind, soweit ich sie kenne, viel zu schüchtern, schwächlich, träge und ängstlich. Sie finden sich viel zu leicht und viel zu schnell mit dem Gedanken ab, daß sie Pechvögel sind und das Leben sie betrogen hat. Statt zu kämpfen, kritisieren sie alles, finden die ganze Welt banal und merken dabei gar nicht, daß auch ihre Kritik allmählich zu einer Banalität ausartet.

Ich wurde geliebt, das Glück war so nahe, daß ich es mit meiner Schulter berührte. Ich lebte vergnügt in den Tag hinein und versuchte gar nicht, mir Rechenschaft darüber abzulegen, was ich von der Zukunft erwartete und vom Leben verlangte; und die Zeit ging dahin ... Menschen zogen mit ihrer Liebe an mir vorbei, heitere Tage und warme Nächte lösten einander ab, Nachtigallen schlugen, das frischgemähte Gras duftete, und all das Liebe, das mir in der Erinnerung später so erstaunlich erschien, glitt schnell, spurlos und von mir mißachtet vorüber und zerschmolz wie ein Nebel ... Wo ist es nun alles geblieben? Mein Vater starb, und ich wurde älter. Alles, was mich bezauberte, was mich zärtlich umfing und mit Hoffnung erfüllte, ist zu einer bloßen Erinnerung geworden, und ich sehe nichts als eine gleichförmige, öde Steppe vor mir; in der Steppe ist keine Menschenseele, und am Horizont ist es so schrecklich und finster ...

Da klingelt es wieder. Es ist Pjotr Sergejewitsch. Wenn ich im Winter die Bäume sehe und daran denke, wie sie im Sommer für mich grünten, so flüstere ich: »Ihr, meine Lieben ...« Und wenn ich Menschen sehe, mit denen ich meinen Frühling verbracht habe, wird mir traurig und warm ums Herz, und ich flüstere dasselbe. Pjotr Sergejewitsch ist, dank der Verwendung meines Vaters, schon längst in die Stadt versetzt worden. Er ist etwas gealtert und abgemagert. Er macht mir keine Liebeserklärungen mehr, spricht keine Dummheiten, verachtet seine Amtstätigkeit, hat irgendein Leiden, ist vom Leben enttäuscht und lebt ohne jede Lust dahin. Er setzte sich an den Kamin und blickte schweigend ins Feuer. Ich wußte nicht, was ich sagen sollte, und fragte: »Nun, was gibt's?«

»Nichts Besonderes«, erwiderte er.

Wir schwiegen wieder. Der rote Widerschein vom Kamin zitterte auf seinem traurigen Gesicht. Mir kam wieder alles Vergangene in den Sinn, meine Schultern begannen zu beben, mein Kopf fiel auf die Brust, und ich brach in Tränen aus. Ich fühlte tiefes Mitleid mit mir selbst und mit diesem Menschen, und ich sehnte mich so leidenschaftlich nach allem, was vergangen war und was uns das Leben nicht mehr zu geben vermochte. Und ich dachte nicht mehr daran, daß ich reich und vornehm war. Ich schluchzte laut, preßte mir die Schläfen zusammen und flüsterte: »Mein Gott, mein Gott, wie ist doch mein Leben zugrunde gerichtet ...«

Und er saß schweigend da und sagte nicht: »Weinen Sie nicht.« Er fühlte, daß die Zeit gekommen war, da man weinen mußte. Ich las es in seinen Augen, daß er Mitleid mit mir hatte, und auch er tat mir leid, und ich ärgerte mich zugleich über diesen schüchternen Unglücksmenschen, der weder mein noch sein Leben hatte einzurichten verstanden.

Als wir uns im Vorzimmer verabschiedeten, brauchte er auffallend viel Zeit, um seinen Pelzmantel anzuziehen. Er küßte mir zweimal stumm die Hand und sah lange in mein verweintes Gesicht. Ich glaube, daß er in diesen Augenblicken an das Gewitter, an die Regenstreifen, an unser Lachen und mein Gesicht von damals dachte. Er wollte mir offenbar etwas sagen, sagte aber nichts, sondern schüttelte nur den Kopf und drückte mir fest die Hand. Gott mit ihm!

Nachdem ich ihn hinausbegleitet hatte, kehrte ich in mein Boudoir zurück und setzte mich auf den Teppich vor den Kamin. Die rote Kohlenglut war mit Asche überzogen und verglomm. Der Frost klopfte noch wütender an die Fensterscheiben, und der Wind im Schornstein sang sein Lied. Das Dienstmädchen kam herein. Sie glaubte, daß ich eingeschlafen sei, und rief: »Gnädiges Fräulein ...«

—Die Wette—

I.

Es war eine dunkle Herbstnacht. Der alte Bankier lief in seinem Kabinett von einer Ecke in die andere und dachte daran, wie er im Herbst vor fünfzehn Jahren eine Abendgesellschaft gegeben hatte. Bei dieser Abendgesellschaft waren viele kluge Menschen zugegen, und es wurden interessante Gespräche geführt. Dabei ging es auch um die Todesstrafe. Die Gäste, unter ihnen nicht wenige Gelehrte und Journalisten, standen der Todesstrafe in der Mehrzahl ablehnend gegenüber. Sie hielten diese Strafmaßnahme für veraltet, unpassend für einen christlichen Staat und unmoralisch. Einige waren der Meinung, die Todesstrafe sei allenthalben durch eine lebenslange Freiheitsstrafe zu ersetzen.

»Da stimme ich Ihnen nicht zu«, sagte der Gastgeber. »Ich habe weder die Todesstrafe noch die lebenslange Freiheitsstrafe ausprobiert, doch wenn man *a priori* urteilen kann, ist meines Erachtens die Todesstrafe moralischer und humaner als die Freiheitsstrafe. Die Hinrichtung tötet sofort, die lebenslange Freiheitsstrafe langsam. Welcher Henker ist menschlicher? Derjenige, der einen innerhalb weniger Minuten tötet, oder derjenige, der einem über Jahre hinweg das Leben heraussaugt?«

»Beides ist gleichermaßen unmoralisch«, bemerkte einer der Gäste, »weil beides ein und dasselbe Ziel hat – jemandem das Leben zu nehmen. Der Staat ist nicht Gott. Er hat kein Recht, einem das zu nehmen, was er einem nicht zurückgeben könnte, falls er es wollte.«

Unter den Gästen war ein Jurist, ein junger Mann von etwa fünfundzwanzig Jahren. Als man ihn um seine Meinung bat, sagte er: »Todesstrafe und lebenslange Freiheitsstrafe sind gleichermaßen unmoralisch, doch wenn ich mich entscheiden müßte zwischen Hinrichtung und lebenslanger Freiheitsstrafe, so würde ich natürlich die letztere wählen. Es ist besser, irgendwie zu leben als gar nicht.«

Eine lebhafte Debatte entbrannte. Der Bankier, damals noch jünger und nervöser, geriet unversehens in Rage, schlug mit der Faust auf den Tisch und rief, an den jungen Juristen gewandt: »Das ist nicht wahr! Ich wette um zwei Millionen, daß Sie es nicht einmal fünf Jahre in der Kasematte aushalten.«

»Wenn es Ihnen ernst ist«, entgegnete der Jurist, »dann wette ich dagegen, daß ich es nicht fünf, sondern fünfzehn Jahre aushalte.«

»Fünfzehn Jahre? Die Wette gilt!« rief der Bankier. »Meine Herren, ich setze zwei Millionen!«

»Einverstanden! Sie setzen die Millionen und ich meine Freiheit!« sagte der Jurist.

Und diese verrückte, sinnlose Wette war zustande gekommen! Der Bankier, der seine Millionen damals gar nicht zählen konnte, verwöhnt und oberflächlich, war begeistert. Beim Abendessen machte er sich lustig über den Juristen und sagte: »Nehmen Sie Vernunft an, junger Mann, solange es noch nicht zu spät ist. Für mich sind zwei Millionen eine Kleinigkeit, aber Sie setzen die drei oder vier besten Jahre

Ihres Lebens aufs Spiel. Ich sage drei oder vier, weil Sie es nicht länger aushalten werden. Und vergessen Sie nicht, Sie Unglücksrabe, daß freiwillige Gefangenschaft weit schwerer ist als erzwungene. Der Gedanke, daß Sie jeden Moment frei sind, zu gehen, vergällt Ihre ganze Existenz in der Kasematte. Sie dauern mich!«

Und nun, während er von einer Ecke in die andere schritt, dachte der Bankier daran zurück und fragte sich: Wozu diese Wette? Was nützt es, daß der Jurist fünfzehn Jahre seines Lebens verloren hat und ich zwei Millionen hinauswerfe? Kann das den Menschen beweisen, daß die Todesstrafe schlechter oder besser ist als eine lebenslange Freiheitsstrafe? Nein und abermals nein. Dummes Zeug, Blödsinn. Was mich angeht, war es die Laune eines saturierten Menschen und von seiten des Juristen ganz einfach Geldgier ...

Dann dachte er daran, was nach dem besagten Abend passiert war. Man war übereingekommen, der Jurist sollte seinen Gewahrsam unter strengster Aufsicht in einem Nebengebäude im Garten des Bankiers verbringen. Fünfzehn Jahre lang sollte ihm nicht gestattet sein, die Schwelle des Gebäudes zu übertreten, lebendige Menschen zu sehen, menschliche Stimmen zu hören oder Briefe und Zeitungen zu empfangen. Er durfte ein Musikinstrument haben, Bücher lesen, Briefe schreiben, Wein trinken und Tabak rauchen. Mit der Außenwelt durfte er laut Vereinbarung nur schweigend kommunizieren, durch ein kleines, speziell dafür eingebautes Fenster. Alles Notwendige, Bücher, Noten, Wein und so weiter, würde er auf eine Notiz hin in beliebiger Menge erhalten, aber nur durch das Fenster. Der Vertrag berücksichtigte alle Details und Kleinigkeiten, die den Gewahrsam zu strenger Einzelhaft machten, und verpflichtete den Juristen, genau fünfzehn Jahre abzusitzen, nämlich vom 14. November 1870, 12 Uhr, bis zum 14. November 1885, 12 Uhr. Der geringste Versuch des Juristen, diese Bedingungen zu unterlaufen, und sei es auch nur um zwei Minuten vor Ablauf der Frist, würde den Bankier der Verpflichtung entheben, ihm die zwei Millionen zu zahlen.

Im ersten Jahr seines Gewahrsams litt der Jurist, soweit man aus seinen knappen Notizen schließen konnte, heftig unter Einsamkeit und Langeweile. Aus dem Gebäude waren unaufhörlich, Tag und Nacht, die Klänge des Klaviers zu hören. Er verzichtete auf Wein und Tabak. Wein, so schrieb er, wecke Wünsche, und Wünsche seien der Hauptfeind eines Gefangenen; zudem gebe es nichts Langweiligeres als guten Wein zu trinken, ohne Gesellschaft zu haben. Tabak hingegen verderbe die Luft in seinem Raum. Im ersten Jahr bestellte der Jurist vorwiegend leichte Lektüre: Romane mit einer verwickelten Liebesgeschichte, Kriminalerzählungen, phantastische Literatur, Komödien und so weiter.

Im zweiten Jahr verstummte die Musik im Gartenhaus, und der Jurist verlangte in seinen Notizen nur nach Klassikern. Im fünften Jahr erklang von neuem Musik, und der Gefangene bat um Wein. Diejenigen, die ihn durch das Fenster bewachten, erklärten, er habe das ganze Jahr hindurch nur gegessen, getrunken und auf dem Bett gelegen, häufig gegähnt und aufgebrachte Selbstgespräche geführt. Bücher las er keine. Hin und wieder setzte er sich des Nachts hin und schrieb, er schrieb lange und riß gegen Morgen alles, was er geschrieben hatte, in Fetzen. Immer wieder hörte man ihn weinen.

In der zweiten Hälfte des sechsten Jahres widmete sich der Gefangene eifrig dem Studium von Sprachen, Philosophie und Geschichte. So begierig stürzte er sich auf diese Wissenschaften, daß der Bankier mit der Beschaffung von Büchern kaum nachkam. Im Verlaufe von vier Jahren wurden auf seinen Wunsch hin etwa sechshundert Bände bestellt. In dieser Phase intensiver Arbeit erhielt der Bankier folgenden Brief von seinem Gefangenen: »Mein teurer Gefängniswärter! Ich schreibe diese Zeilen in sechs Sprachen. Zeigen Sie sie sachkundigen Leuten; sie mögen sie lesen. Wenn sie keinen Fehler finden, dann lassen Sie, ich flehe Sie an, im Garten einen Gewehrschuß abfeuern. Dieser Schuß wird mir zeigen, daß meine Bemühungen nicht vergebens waren. Genies aller Jahrhunderte und Länder sprechen in verschiedenen Sprachen, doch in allen brennt ein und dieselbe Flamme. Ach, wenn Sie wüßten, welch überirdisches Glück meine Seele jetzt empfindet, weil ich sie verstehen kann!« Der Wunsch des Gefangenen wurde erfüllt. Der Bankier ließ im Garten zwei Schüsse abfeuern.

Nach dem zehnten Jahr dann saß der Jurist reglos am Tisch und las einzig und allein das Evangelium. Den Bankier dünkte es sonderbar, daß ein Mensch, der in vier Jahren sechshundert kluge Bücher bewältigt hatte, etwa ein Jahr für die Lektüre eines leichtverständlichen und nicht umfangreichen Buches vergeudete. An die Stelle des Evangeliums traten Religionsgeschichte und Theologie.

In den letzten beiden Jahren las der Gefangene außerordentlich viel und völlig wahllos. Bald beschäftigte er sich mit den Naturwissenschaften, bald verlangte er Byron oder Shakespeare. Es kamen Notizen, in denen er gleichzeitig um Chemie, ein medizinisches Lehrbuch, einen Roman und ein philosophisches oder theologisches Traktat bat. Er las, als schwömme er im Meer zwischen den Wrackteilen eines Schiffs und klammerte sich im Bestreben, sein Leben zu retten, gierig bald an dieses, bald an jenes Stück.

II.

Der alte Bankier rief sich all das in Erinnerung und überlegte: »Morgen um zwölf Uhr ist er frei. Laut Vertrag werde ich ihm die zwei Millionen auszahlen müssen. Wenn ich bezahle, ist alles vorbei: Dann bin ich endgültig ruiniert …« Vor fünfzehn Jahren hatte er seine Millionen nicht zählen können, jetzt hingegen fürchtete er, sich zu fragen, wovon er mehr hatte – Geld oder Schulden. Das gewagte Spiel an der Börse, riskante Spekulationen und das Ungestüm, das er auch im Alter nicht abgelegt hatte, hatten seine Geschäfte allmählich den Bach hinuntergehen lassen, und aus dem unerschrockenen, anmaßenden, stolzen Krösus war nun ein mittelmäßiger Bankier geworden, der jedes Mal zitterte, wenn die Aktien stiegen oder sanken.

»Verfluchte Wette!« brummte der Alte und faßte sich verzweifelt an den Kopf. »Warum ist dieser Mensch nicht gestorben? Er ist erst vierzig Jahre alt. Er nimmt mir das Letzte, wird heiraten und sich des Lebens freuen, an der Börse spekulieren, und ich werde als Bettler voller Neid zusehen und tagtäglich ein und denselben Satz von ihm hören: ›Ich verdanke Ihnen mein Leben, gestatten Sie mir, Ihnen zu helfen!‹ Nein, das ist gar zu viel! Die einzige Rettung vor Bankrott und Schande ist der Tod dieses Menschen!«

Es schlug drei Uhr. Der Bankier horchte: Im Haus schliefen alle, nur das Ächzen der froststarren Bäume vor dem Fenster war zu hören. Bemüht, kein Geräusch zu machen, holte er den Schlüssel zu der Tür, die in fünfzehn Jahren nicht einmal geöffnet worden war, aus dem Tresor, zog einen Mantel über und verließ das Haus.

Im Garten war es dunkel und kalt. Es regnete. Ein scharfer, feuchter Wind fuhr heulend durch den ganzen Garten und ließ den Bäumen keine Ruhe. Der Bankier kniff die Augen zusammen, doch er sah weder die Erde oder die weißen Statuen noch das Gartenhaus oder die Bäume. Er ging in die Richtung des Gartenhauses und rief zweimal nach dem Wächter. Keine Antwort. Offensichtlich hatte der Wächter Zuflucht vor dem schlechten Wetter gesucht und schlief nun irgendwo in der Küche oder in der Orangerie. Wenn ich den Mut habe, meine Absicht auszuführen, überlegte der Alte, dann fällt der Verdacht zuallererst auf den Wächter.

Im Finstern stieß er an Stufen und eine Tür, betrat den Vorraum des Gartenhauses, tastete sich dann in den kleinen Korridor vor und entzündete ein Streichholz. Hier war keine Menschenseele. Eine Schlafstatt ohne Bettzeug stand da, und in der Ecke schimmerte dunkel ein Kanonenofen. Die Siegel an der Tür zum Zimmer des Gefangenen waren unversehrt.

Als das Streichholz erlosch, spähte der Alte zitternd vor Aufregung durch das kleine Fenster. Im Zimmer des Gefangenen brannte trüb eine Kerze. Er selbst saß am Tisch. Nur sein Rücken, seine Haare und seine Hände waren zu sehen. Auf dem Tisch, auf den beiden Sesseln und auf dem Teppich neben dem Tisch lagen aufgeschlagene Bücher. Fünf Minuten vergingen, und der Gefangene rührte sich kein einziges Mal. Die fünfzehnjährige Haft hatte ihn gelehrt, reglos zu sitzen.

Der Bankier klopfte mit dem Finger an das Fenster, aber der Gefangene reagierte mit keiner Bewegung auf das Klopfen. Da löste der Bankier vorsichtig die Siegel von der Tür und schob den Schlüssel ins Schlüsselloch. Das rostige Schloß gab einen heiseren Laut von sich, und die Tür knarrte. Der Bankier erwartete, jeden Moment einen erstaunten Ausruf und Schritte zu hören, doch es vergingen etwa drei Minuten, und hinter der Tür war es noch immer still. Er entschloß sich, einzutreten.

Am Tisch saß reglos ein Mann, der keinerlei Ähnlichkeit mit gewöhnlichen Menschen mehr hatte. Ein Skelett, nur noch Haut und Knochen, mit langen Locken wie eine Frau und einem zottigen Bart. Seine Gesichtsfarbe war gelblich, mit einem erdigen Ton, die Wangen waren eingefallen, der Rücken war lang und schmal, und der Arm, mit dem er seinen haarigen Kopf stützte, so dünn und mager, daß der Anblick beängstigend war. In seinen Haaren schimmerte schon Grau, und beim Anblick des greisenhaft ausgemergelten Gesichts hätte niemand geglaubt, daß er erst vierzig Jahre alt war. Er schlief ... Auf dem Tisch vor seinem gesenkten Kopf lag ein Blatt Papier, auf dem mit kleiner Schrift etwas geschrieben stand.

»Ein bedauernswerter Mensch!« dachte der Bankier. »Er schläft und träumt wohl von den Millionen! Dabei müßte ich diesen Halbtoten nur packen, aufs Bett werfen und ihm leicht ein Kissen aufs Gesicht drücken, und selbst die gewissenhafteste Expertise würde kein Anzeichen für einen gewaltsamen Tod finden. Aber lesen wir zunächst einmal, was er da geschrieben hat ...« Der Bankier nahm das Blatt vom Tisch und las.

»Morgen um zwölf Uhr bekomme ich meine Freiheit und

das Recht, Umgang mit Menschen zu haben. Doch bevor ich dieses Zimmer verlasse und die Sonne erblicke, halte ich es für angezeigt, Ihnen ein paar Worte zu sagen. Reinen Gewissens und vor Gott, der mich sieht, erkläre ich Ihnen, daß ich sowohl die Freiheit als auch das Leben und die Gesundheit und all das, was in Ihren Büchern als weltliche Güter bezeichnet wird, verachte.

Fünfzehn Jahre habe ich aufmerksam das irdische Leben studiert. Freilich, ich habe weder die Erde noch Menschen gesehen, doch in Ihren Büchern habe ich aromatischen Wein getrunken, Lieder gesungen, in den Wäldern Hirsche und wilde Eber gejagt, Frauen geliebt ... Schönheiten, luftig wie eine Wolke, erschaffen durch die Zauberei Ihrer genialen Dichter, besuchten mich des Nachts und flüsterten mir entzückende Märchen zu, von denen mein Kopf trunken wurde. In Ihren Büchern erklomm ich die Höhen des Elbrus und des Montblanc und sah von dort, wie die Sonne am Morgen aufging und am Abend den Himmel, den Ozean und die Gipfel der Berge mit Purpurgold übergoß; ich sah von dort aus Blitze über mir aufzucken und die Wolken durchschneiden; ich sah grüne Wälder, Felder, Flüsse, Seen und Städte, ich vernahm den Gesang der Sirenen und das Spiel der Hirtenflöten, ich spürte die Flügel wunderschöner Teufel, die zu mir geflogen kamen, über Gott zu plaudern ... In Ihren Büchern habe ich mich in bodenlose Abgründe gestürzt, Wunder vollbracht, getötet, Städte in Brand gesetzt, neue Religionen verkündet und ganze Königreiche erobert.

Ihre Bücher verliehen mir Weisheit. All das, was unermüdliches menschliches Denken über die Jahrhunderte erschuf, ist in meinem Schädel zu einem kleinen Klumpen gepreßt.

Ich weiß, daß ich klüger bin als Sie alle. Und ich verachte Ihre Bücher, verachte alle weltlichen Güter und die Weisheit. Es ist alles nichtig, vergänglich, illusorisch und trügerisch wie eine Luftspiegelung. Sie mögen stolz sein, weise und wunderbar, doch der Tod wird Sie ebenso vom Antlitz der Erde löschen wie die Wühlmäuse, und Ihre Nachkommen, die Geschichte, die Unsterblichkeit Ihrer Genies werden mit dem Erdenball zusammen gefrieren oder verbrennen. Sie sind irrsinnig geworden und gehen nicht den rechten Weg. Lüge halten Sie für Wahrheit und Häßlichkeit für Schönheit. Sie würden sich wundern, wenn infolge irgendwelcher Umstände an Apfel- und Orangenbäumen anstelle der Früchte plötzlich Frösche oder Eidechsen wüchsen oder wenn Rosen den Schweißgeruch von Pferden verströmten; so wundere ich mich über Sie, der Sie den Himmel gegen die Erde getauscht haben. Ich will Sie nicht verstehen.

Um Ihnen meine Verachtung für das, wodurch Sie leben, durch die Tat zu beweisen, verzichte ich auf die zwei Millionen, von denen ich einst träumte wie vom Paradies und die ich jetzt verachte. Um mir den Anspruch darauf zu verwirken, werde ich fünf Stunden vor der vereinbarten Frist hinausgehen und so den Vertrag brechen ...«

Nachdem er es durchgelesen hatte, legte der Bankier das Blatt auf den Tisch, küßte den sonderbaren Mann auf den Kopf, begann zu weinen und verließ das Gartenhaus. Nie zuvor, auch nicht nach seinen großen Verlusten an der Börse, hatte er je eine solche Verachtung sich selbst gegenüber empfunden wie in diesem Moment. Als er nach Hause kam, legte er sich ins Bett, doch vor Aufregung und Tränen konnte er lange nicht einschlafen ...

Am nächsten Tag kamen des Morgens die bleichen Wächter angelaufen und teilten ihm mit, sie hätten gesehen, wie
der Mann, der im Gartenhaus wohnte, durch das Fenster hin-
ausgeklettert, zum Tor gegangen und dann verschwunden sei.
Zusammen mit seinen Bediensteten begab sich der Bankier
sogleich zum Gartenhaus und bestätigte die Flucht des Gefangenen. Um kein überflüssiges Gerede aufkommen zu lassen, nahm er das Blatt mit der Verzichtserklärung vom Tisch
und schloß es zu Hause im Tresor ein.

—Wolodja der Große und Wolodja der Kleine—

»Laßt mich, ich will selbst kutschieren! Ich setz mich neben den Kutscher!« sagte Sofja Lwowna laut. »Kutscher, halt, ich setz mich zu dir auf den Bock.«

Sie stand im Schlitten, und ihr Mann Wladimir Nikitytsch und ihr Jugendfreund Wladimir Michailytsch hielten sie an den Händen, damit sie nicht umfiel. Die Troika raste schnell dahin.

»Ich habe doch gesagt, daß man ihr keinen Cognac geben darf«, flüsterte Wladimir Nikitytsch seinem Begleiter zu. »Was bist du für ein Mensch!«

Der Oberst wußte aus Erfahrung, daß bei Frauen, wie seine Sofja Lwowna eine war, der stürmischen, ein wenig ausgelassenen Lustigkeit gewöhnlich ein hysterisches Lachen und dann Tränen folgten. Er fürchtete, daß er sich auch jetzt, nach Hause zurückgekehrt, statt zu schlafen, mit Umschlägen und Tropfen würde abgeben müssen.

»Halt!« schrie Sofja Lwowna. »Ich will kutschieren.«

Sie war wirklich lustig und triumphierte. In den letzten zwei Monaten, seit ihrem Hochzeitstag, hatte sie sich mit dem Gedanken gequält, daß sie den Obersten Jagitsch äußerer Vorteile wegen oder, wie man es so nennt, *par dépit* geheiratet habe; aber heute hatte sie im Vorstadtrestaurant endlich die Überzeugung gewonnen, daß sie ihn leidenschaftlich liebte. Trotz seiner vierundfünfzig Jahre war er noch sehr schlank, lebhaft und gelenkig und verstand so gut, Witze zu machen und mit den Zigeunerinnen mitzusingen. Die Alten sind jetzt wirklich tausendmal interessanter als die Jungen, und man könnte meinen, daß sie ihre Rollen vertauscht haben. Der Oberst war zwar um zwei Jahre älter als ihr Vater, aber was bedeutete dieser Umstand, wenn in ihm, aufrichtig gesagt, unvergleichlich mehr Lebenskraft, Temperament und Frische steckten als in ihr, trotz ihrer dreiundzwanzig Jahre! Oh, Liebster, dachte sie sich, du Herrlicher!

Im Restaurant gewann sie ferner die Überzeugung, daß vom früheren Gefühl in ihrer Seele nicht ein Funke übriggeblieben war. Ihrem Jugendfreund Wladimir Michailytsch, oder kurz Wolodja, gegenüber, den sie noch gestern wahnsinnig, bis zur Verzweiflung geliebt hatte, fühlte sie sich jetzt völlig gleichgültig. Heute abend erschien er ihr so matt, verschlafen, uninteressant und unbedeutend. Seine Kaltblütigkeit, mit der er der Bezahlung der Zeche auszuweichen pflegte, empörte sie dieses Mal, und sie mußte sich sehr zusammennehmen, um nicht zu sagen: »Wenn Sie so arm sind, dann bleiben Sie doch zu Hause!« Die ganze Zeche bezahlte der Oberst.

Vielleicht weil vor ihren Augen Bäume, Telegraphenstangen und Schneehaufen vorüberflogen, kamen ihr die buntesten Gedanken in den Sinn. Sie dachte: Die Rechnung im Restaurant machte hundertzwanzig Rubel aus, die Zigeuner bekamen hundert Rubel, und morgen konnte sie, wenn sie wollte, auch tausend Rubel zum Fenster hinauswerfen; aber vor zwei Monaten, vor der Hochzeit, hatte sie nicht einmal drei Rubel eigenes Geld besessen und mußte sich wegen jeder Bagatelle an den Vater wenden. Was für eine Veränderung!

Ihre Gedanken gerieten durcheinander, und sie erinnerte

sich, wie der Oberst Jagitsch, ihr jetziger Gatte, als sie zehn Jahre alt war, ihrer Tante den Hof gemacht hatte und alle im Haus sagten, daß er sie zugrunde gerichtet habe. Die Tante kam auch wirklich oft mit verweinten Augen zu Tisch und ging oft auf Reisen, und man sagte von ihr, daß die Arme keinen Ort für sich finden könne. Er war damals sehr hübsch und hatte ungewöhnlichen Erfolg bei den Frauen. Die ganze Stadt kannte ihn, und man erzählte sich, daß er jeden Tag der Reihe nach all seine Verehrerinnen besuchte wie ein Arzt seine Patienten. Und auch jetzt noch war sein mageres Gesicht trotz der grauen Haare, der Runzeln und der Brille besonders im Profil oft herrlich schön.

Sofja Lwownas Vater war Militärarzt und hatte einst mit Jagitsch im gleichen Regiment gedient. Auch Wolodjas Vater war Militärarzt und hatte mit Sofjas Vater und Jagitsch im gleichen Regiment gedient. Trotz seiner oft sehr komplizierten und unruhigen Liebesabenteuer lernte Wolodja ausgezeichnet. Nachdem er mit großem Erfolg die Universität absolviert hatte, widmete er sich den fremden Literaturen und schrieb jetzt, wie man sagte, an seiner Dissertation. Er lebte bei seinem Vater, dem Militärarzt, in der Kaserne und besaß trotz seiner dreißig Jahre keinen Pfennig eigenes Geld. Sofja Lwowna und er hatten als Kinder in getrennten Wohnungen gewohnt, doch unter demselben Dach, und er war oft zu ihr gekommen, um mit ihr zu spielen. Sie lernten auch gemeinsam Tanzen und Französisch. Als er aber zu einem schlanken, sehr hübschen Jüngling herangewachsen war, fing sie an, sich seiner zu genieren. Dann gewann sie ihn lieb und liebte ihn wahnsinnig bis zur allerletzten Zeit, wo sie Jagitsch heiratete.

Auch Wolodja hatte einen ungewöhnlichen Erfolg bei den

Frauen, beinahe von seinem vierzehnten Lebensjahr an, und die Damen, die ihre Männer mit ihm hintergingen, rechtfertigten sich damit, daß Wolodja noch klein sei. Kürzlich hatte jemand von ihm erzählt, daß er als Student in einer Pension in der Nähe der Universität gewohnt habe, und sooft man bei ihm anklopfte, habe man hinter der Tür seine Schritte gehört und dann die leise Entschuldigung: *»Pardon, je ne suis pas seul.«* Jagitsch war entzückt von ihm und segnete ihn zu seiner ferneren Tätigkeit, genau so wie der alte Derschawin den jungen Puschkin; er liebte ihn anscheinend. Stundenlang spielten sie schweigend Billard oder Piquet, und wenn Jagitsch mit seiner Troika ausfuhr, nahm er immer auch Wolodja mit. Wolodja weihte seinerseits nur Jagitsch in die Geheimnisse seiner Dissertation ein. Früher, als der Oberst noch jünger war, standen sie sich oft als Nebenbuhler gegenüber, waren aber niemals eifersüchtig aufeinander. In der Gesellschaft, in der sie verkehrten, hieß Jagitsch »Wolodja der Große« und sein Freund »Wolodja der Kleine«.

Außer Wolodja dem Großen, Wolodja dem Kleinen und Sofja Lwowna befand sich noch eine vierte Person im Schlitten – Margarita Alexandrowna, oder, wie man sie allgemein nannte, Rita, eine Cousine der Frau Jagitsch, ein Mädchen von über dreißig Jahren, mit sehr blassem Gesicht, schwarzen Augenbrauen und einem Zwicker auf der Nase, die unaufhörlich, selbst im Frost, Zigaretten rauchte. Auf ihrer Brust und ihren Knien war immer Zigarettenasche. Sie sprach durch die Nase, dehnte jedes Wort, war kühl, konnte Likör und Cognac in beliebigen Mengen vertragen, wurde niemals betrunken und pflegte matt und langweilig zweideutige Witze zu erzählen. Zu Hause las sie von morgens bis abends dikke Monatsschriften, die sie mit Asche überschüttete, oder aß gefrorene Äpfel.

»Sonja, sei nicht so verrückt«, sagte sie mit singender Stimme. »Es ist sogar dumm.«

An der Stadtgrenze schlug die Troika ein langsameres Tempo ein. Häuser und Menschen flogen vorüber, und Sofja Lwowna wurde still, schmiegte sich an ihren Mann und gab sich ihren Gedanken hin. Wolodja der Kleine saß ihr gegenüber. Jetzt gesellten sich zu ihren lustigen und leichten Gedanken auch düstere. Sie dachte: Dieser Mensch, der ihr gegenübersaß, wußte, daß sie ihn geliebt hatte, und glaubte sicher, daß sie den Obersten *par dépit* geheiratet habe. Sie hatte ihm noch kein einziges Mal ihre Liebe gestanden und auch nicht gewollt, daß er es wisse, sie verheimlichte ihr Gefühl, aber man konnte seinem Gesicht ansehen, daß er sie vollkommen durchschaute, und das kränkte sie. Das erniedrigendste an ihrer Lage aber war, dass ihr dieser Wolodja der Kleine nach ihrer Hochzeit plötzlich in auffallender Weise seine Aufmerksamkeit zuwendete, was früher nie der Fall gewesen war. Stundenlang saß er an ihrer Seite, schwieg oder redete irgendeinen Unsinn. Und auch jetzt im Schlitten trat er ihr, ohne mit ihr zu sprechen, leicht auf den Fuß und drückte ihre Hand. Wie es aussah, hatte er nur darauf gewartet, daß sie sich verheiratete. Es war auch offenbar, daß er sie verachtete und sie nur ein ganz bestimmtes Interesse als ein schlechtes und verdorbenes Frauenzimmer in ihm weckte. Und wenn sich in ihrer Seele der Triumph und die Liebe zum Mann mit dem Gefühl der Erniedrigung und des verletzten Stolzes mischten, geriet sie in eine eigentümliche Raserei und hatte den Wunsch, auf den Bock zu steigen, zu schreien und zu pfeifen …

Gerade als sie am Frauenkloster vorbeifuhren, ertönte das Dröhnen der großen, viele Zentner schweren Glocke. Rita bekreuzigte sich.

»In diesem Kloster wohnt unsere Olja«, sagte Sofja Lwowna. Auch sie bekreuzigte sich und fuhr zusammen.

»Warum ist sie eigentlich ins Kloster gegangen?« fragte der Oberst.

»*Par dépit*«, antwortete Rita böse, offenbar mit einer Anspielung auf Sofja Lwownas Ehe mit Jagitsch. »Dieses ›*par dépit*‹ ist jetzt Mode. Eine Herausforderung an die ganze Welt. Sie war so lustig, eine raffinierte Kokette, liebte nur die Bälle und ihre Kavaliere, und jetzt haben wir's! Damit alle staunen!«

»Das ist nicht wahr«, sagte Wolodja der Kleine, seinen Pelzkragen umlegend, so daß sein hübsches Gesicht sichtbar wurde. »Es war kein *par dépit*, sondern ein unsagbares Grauen. Ihren Bruder Dmitrij hat man nach Sibirien verschickt, und niemand weiß, wo er jetzt ist. Und ihre Mutter starb vor Kummer.« Und er stülpte den Kragen wieder auf. »Olja hat ganz recht getan«, fügte er dumpf hinzu. »Als Pflegetochter zu leben, noch dazu mit einem solchen Goldkind wie Sofja Lwowna, so was überlegt man sich!«

Sofja Lwowna hörte in seiner Stimme einen verächtlichen Unterton und wollte ihm eine Frechheit sagen, sagte aber nichts. Es hatte sich ihrer wieder die gleiche tolle Stimmung bemächtigt. Sie stellte sich im Schlitten auf und schrie mit weinerlicher Stimme: »Ich will zur Frühmesse! Kutscher, zurück! Ich will die Olja sehen!«

Sie kehrten um. Die Klosterglocke dröhnte tief und sprach, wie es Sofja Lwowna schien, von Olja und von ihrem

Leben. Nun begann man auch in den anderen Kirchen zu läuten. Als der Kutscher das Dreigespann anhielt, sprang Sofja Lwowna aus dem Schlitten und ging allein, ohne Begleiter, mit schnellen Schritten zum Klostertor.

»Mach es, bitte, etwas schneller!« rief ihr Mann ihr zu. »Es ist schon spät!«

Sie passierte ein dunkles Tor und ging die Allee entlang, die vom Tor zur Hauptkirche führte. Der Schnee knirschte unter ihren Füßen, und das Glockengeläut tönte direkt über ihrem Kopf und durchdrang gleichsam ihr ganzes Wesen. Da war schon die Kirchentür, drei Stufen führten hinab, dann kam die Vorhalle mit Darstellungen von Heiligen zu beiden Seiten, es roch nach Wacholder und Weihrauch. Dann kam noch eine Tür, eine dunkle, kleine Gestalt machte sie vor ihr auf und verbeugte sich tief, fast bis zur Erde ... Der Gottesdienst hatte noch nicht begonnen. Eine Nonne ging vor der heiligen Wand hin und her und entzündete die Kerzen, eine andere zündete die Lichter im Kronleuchter an. Hier und dort standen unbewegliche schwarze Gestalten an den Säulen und vor den Seitenkapellen. So werden sie jetzt bis zum Morgen hier stehen, dachte Sofja Lwowna, und es kam ihr hier so finster, kalt und langweilig vor, viel öder als auf einem Friedhof. Gelangweilt betrachtete sie die unbeweglichen, gleichsam erstarrten Gestalten, und plötzlich krampfte sich ihr Herz zusammen. In einer der Nonnen, die klein gewachsen war, schmächtige Schultern und ein schwarzes Tüchlein auf dem Kopf hatte, erkannte sie, sie wußte selbst nicht, woran, Olja, obwohl diese, als sie ins Kloster gegangen war, voller und vielleicht auch größer ausgesehen hatte. Unentschlossen, in starker Erregung ging Sofja Lwowna auf die Novizin zu, blickte ihr über die Schulter ins Gesicht und erkannte Olja.

»Olja!« rief sie und schlug die Hände zusammen. Vor Erregung konnte sie kaum sprechen. »Olja!«

Die Nonne erkannte sie sofort. Sie hob erstaunt die Brauen, und ihr blasses, reines, frischgewaschenes Gesicht und selbst das weiße Tuch, das unter dem schwarzen hervorlugte, erstrahlten vor Freude.

»Da hat mir der Herr ein Wunder beschert!« sagte sie und schlug gleichfalls ihre mageren, blassen Hände zusammen.

Sofja Lwowna umarmte und küßte sie fest, fürchtete aber dabei, daß die Nonne den Weingeruch spüren könnte.

»Wir fuhren eben vorbei und erinnerten uns deiner«, sagte sie, wie nach schnellem Gehen keuchend. »Mein Gott, wie blaß du bist! Ich ... ich freue mich sehr, dich zu sehen. Nun, wie geht's? Langweilst du dich nicht?« Sofja Lwowna blickte auf die anderen Nonnen zurück und fuhr mit gedämpfter Stimme fort: »Bei uns gibt es viele Neuigkeiten ... Weißt du, ich habe Wladimir Nikitytsch Jagitsch geheiratet. Du kannst dich sicher an ihn erinnern ... Ich bin sehr glücklich mit ihm.«

»Na, Gott sei gelobt. Und wie geht es deinem Papa?«

»Gut geht es ihm. Er denkt oft an dich. Besuch uns doch an den Feiertagen, Olja. Hörst du?«

»Ich werde kommen«, sagte Olja und lächelte. »Ich komme am zweiten Feiertag.«

Sofja Lwowna fing, sie wußte selbst nicht, warum, zu weinen an. Nachdem sie eine Weile leise geweint hatte, wischte sie sich die Augen und sagte: »Es wird Rita sehr leid tun, daß sie dich nicht gesehen hat. Sie ist mit uns hier. Auch Wolodja ist hier. Sie warten draußen vor dem Tor. Wie froh wären sie, wenn sie dich sehen könnten! Komm doch zu ihnen hinaus, der Gottesdienst hat ja noch nicht angefangen.«

»Gut, gehen wir«, sagte Olja.

Sie bekreuzigte sich dreimal und ging mit Sofja Lwowna zum Ausgang.

»Du sagst also, daß du glücklich bist, Sonetschka?« fragte sie, als sie vor dem Tor waren.

»Sehr glücklich!«

»Gott sei Dank.«

Als Wolodja der Große und Wolodja der Kleine die Nonne erblickten, stiegen sie aus dem Schlitten und begrüßten sie mit Ehrfurcht. Sie waren von ihrem blassen Gesicht und dem schwarzen Nonnengewand sichtlich gerührt, und beiden war es angenehm, daß sie sich ihrer erinnert hatte und herausgekommen war, um sie zu begrüßen. Damit sie es nicht kalt habe, hüllte sie Sofja Lwowna in ein Plaid und schlug einen Schoß ihres Pelzmantels um sie. Die kurz zuvor vergossenen Tränen hatten ihre Seele erleichtert und erheitert, und sie freute sich, daß diese lärmende, unruhige und im Grunde genommen unreine Nacht unerwartet ein so reines und sanftes Ende genommen hatte. Um Olja möglichst lange bei sich zu behalten, machte sie den Vorschlag: »Wir wollen sie etwas spazierenfahren! Olja, setz dich, wir fahren nur ein kleines Stück.«

Die Männer erwarteten, daß die Nonne sich weigern würde – die Heiligen pflegten ja nie Troika zu fahren –, doch zu ihrem Erstaunen willigte sie ein und stieg in den Schlitten. Während die Troika in Richtung der Stadt dahinsauste, schwiegen alle und waren nur um das eine besorgt, daß Olja

es bequem und warm habe, und ein jeder dachte, wie sie früher gewesen und was aus ihr geworden war. Jetzt hatte sie ein
leidenschaftsloses, ausdrucksloses, kaltes und blasses Gesicht,
so durchsichtig, als hätte sie in ihren Adern Wasser statt Blut.
Zwei oder drei Jahre zuvor war sie so voll und rotbackig gewesen, hatte nur von Verehrern gesprochen und wegen jedes
Unsinns wie wahnsinnig gelacht ...

Vor der Stadtgrenze machte die Troika wieder kehrt. Als
sie zehn Minuten darauf vor dem Kloster hielt, stieg Olja aus
dem Schlitten. Jetzt läuteten schon alle Glocken durcheinander.

»Der Herr sei euch gnädig«, sagte Olja und verbeugte
sich tief auf Nonnenart.

»Komm doch zu uns, Olja.«

»Gut, ich werde kommen.«

Sie entfernte sich mit schnellen Schritten und verschwand
bald im dunklen Tor. Als die Troika weiterfuhr, überkam alle,
sie wußten selbst nicht, warum, eine gedrückte Stimmung.
Sie schwiegen. Sofja Lwowna fühlte sich plötzlich schwach
und ließ den Mut sinken; daß sie die Nonne gezwungen hatte, sich in den Schlitten zu setzen und in einer nicht ganz
nüchternen Gesellschaft Troika zu fahren, erschien ihr jetzt
dumm und taktlos, beinahe als Blasphemie. Mit dem Rausch
hatte sich auch ihr Wunsch verflüchtigt, sich selbst zu betrügen, und ihr war nun klar, daß sie ihren Mann nicht liebte
und auch nicht lieben konnte, daß alles nichts als Unsinn
und Dummheit war. Sie hatte ihn geheiratet, weil er, wie ihre
Institutsfreundinnen sagten, blödsinnig reich war, weil sie
fürchtete, wie Rita als alte Jungfer sitzenzubleiben, weil ihr
Vater, der Militärarzt, ihr auf die Nerven ging und weil sie

Wolodja den Kleinen ärgern wollte. Hätte sie vor der Heirat geahnt, daß es so schwer, unheimlich und häßlich werden würde, wäre sie um nichts in der Welt zur Trauung gegangen. Das Unglück ließ sich jetzt nicht wiedergutmachen. Sie mußte sich damit abfinden.

Sie kamen nach Hause. Als Sofja Lwowna sich in ihr warmes, weiches Bett legte und unter die Decke schlüpfte, erinnerte sie sich wieder der dunklen Kirchenvorhalle, des Weihrauchgeruchs und der Gestalten an den Säulen, und es wurde ihr ganz unheimlich bei dem Gedanken, daß diese Gestalten, solange sie schlief, unbeweglich dastehen würden. Die Frühmesse dauerte furchtbar lange, dann kamen die Horen, dann die Spätmesse und ein Bittgottesdienst ...

Es gibt aber einen Gott, es gibt ihn bestimmt, und ich werde gewiß sterben. Folglich muß ich früher oder später auch an meine Seele, an das ewige Heil denken, wie Olja. Olja ist jetzt gerettet, sie hat alle Fragen gelöst ... Wenn es aber keinen Gott gibt? Dann ist ihr Leben verloren. Wie ist es aber verloren? Warum verloren? Eine Minute darauf dachte sie wiederum: Gott ist, der Tod wird unausweichlich kommen, und man muß an sein Seelenheil denken. Wenn Olja in diesem Augenblick ihren Tod vor sich sieht, so wird sie nicht erschrecken. Sie ist bereit. Das wichtigste aber ist, daß sie die Lebensfrage schon für sich gelöst hat. Gott ist ... ja ... Gibt es aber keinen anderen Ausweg, als ins Kloster zu gehen? Das bedeutet doch, sich vom Leben loszusagen, sein Leben zugrunde zu richten ... Sofja Lwowna wurde es ein wenig unheimlich zumute, und sie vergrub den Kopf unter dem Kissen. »Man soll nicht daran denken«, flüsterte sie. »Nein, das soll man nicht ...«

Jagitsch ging, leise mit den Sporen klirrend, im Neben-zimmer auf dem Teppich auf und ab und dachte über etwas nach. Sofja Lwowna kam der Gedanke, daß dieser Mensch ihr nur aus einem Grund wert und lieb war: weil auch er Wla-dimir hieß. Sie setzte sich im Bett auf und rief zärtlich: »Wo-lodja!«

»Was willst du?« fragte der Mann.

»Nichts.«

Sie legte sich wieder hin. Sie hörte Glockengeläut, das vielleicht sogar von jenem Kloster kam: Sie erinnerte sich wieder an die Vorhalle und die dunklen Gestalten; sie dachte wieder an Gott und an den unvermeidlichen Tod und zog die Bettdecke über den Kopf, um das Glockengeläut nicht mehr zu hören. Sie sagte sich, daß dem Alter und dem Tod ein unendliches Leben voranginge: Tagtäglich würde sie mit der Nähe eines ungeliebten Mannes, der eben ins Schlafzimmer gekommen war und sich gerade auszog, rechnen und in sich die hoffnungslose Liebe zu einem anderen, jungen, reizen-den und, wie sie glaubte, ungewöhnlichen Mann ersticken müssen. Sie sah ihren Mann an und wollte ihm gute Nacht sagen, fing aber statt dessen zu weinen an. Sie ärgerte sich über sich selbst.

»Na, jetzt geht die Musik los!« sagte Jagitsch.

Sie beruhigte sich, doch spät, erst um die zehnte Morgen-stunde: Sie hörte auf, zu weinen und am ganzen Körper zu zittern, bekam dafür aber heftige Kopfschmerzen. Jagitsch wollte zur Spätmesse gehen und brummte im Nebenzimmer seinen Burschen an, der ihm beim Anziehen half. Leise mit den Sporen klirrend, kam er ins Schlafzimmer, um etwas zu holen, kam dann noch einmal, diesmal mit Epauletten und

Orden, wegen seines Rheumas leicht hinkend, und Sofja Lwowna schien es aus irgendeinem Grund, daß er wie ein Raubtier schlich und lauschte. Dann hörte sie, wie Jagitsch telefonierte.

»Seien Sie so gut, verbinden Sie mich mit der Wasiljew'schen Kaserne!« sagte er. Nach einer Minute fuhr er fort: »Die Wasiljew'sche Kaserne? Rufen Sie bitte den Doktor Salimowitsch ans Telefon …« Nach einer weiteren Minute: »Wer ist am Telefon? Bist du es, Wolodja? Freut mich sehr! Mein Bester, bitte deinen Vater, er möchte sofort zu uns kommen, meine Gattin ist nach der letzten Nacht ganz aus dem Leim gegangen. Er ist nicht zu Hause, sagst du? Hm … Ich danke. Sehr schön … du erweist mir damit einen großen Dienst.«

Jagitsch kam nun zum drittenmal ins Schlafzimmer, beugte sich über seine Frau, bekreuzigte sie, ließ sich von ihr die Hand küssen (alle Frauen, die ihn liebten, pflegten ihm immer die Hand zu küssen, und er war es so gewohnt) und sagte, daß er zum Essen zurückkehren werde. Und dann ging er.

Gegen zwölf Uhr meldete das Dienstmädchen den Besuch Wladimir Michailytschs. Sofja Lwowna zog schnell, vor Müdigkeit und Kopfschmerzen wankend, ihren neuen, wunderbaren, pelzverbrämten, fliederfarbenen Morgenrock an und brachte flüchtig ihr Haar in Ordnung: In ihrer Seele fühlte sie unsagbare Zärtlichkeit und zitterte vor Freude und vor Angst, daß er wieder weggehen könnte. Sie wollte nur einen Blick auf ihn werfen.

Wolodja der Kleine kam als offizieller Besuch, ganz wie sich's gehört, in Frack und weißer Binde. Als Sofja Lwowna in den Salon kam, küßte er ihr die Hand und bedauerte lebhaft, daß sie sich unwohl fühlte. Sie setzten sich, und er lobte ihren Morgenrock.

»Mich hat die gestrige Begegnung mit Olja so aufgeregt«, sagte sie. »Anfangs war es mir unheimlich, aber jetzt beneide ich sie. Sie ist ein unerschütterlicher Fels, der sich nicht mehr verrücken läßt. Hat sie aber wirklich keinen anderen Ausweg gehabt, Wolodja? Bedeutet denn dieses Begrabensein bei lebendigem Leibe die Lösung aller Lebensfragen? Das ist ja der Tod und kein Leben.«

Als sie Olja erwähnte, drückte das Gesicht Wolodjas des Kleinen Rührung aus.

»Sie sind ein kluger Mensch, Wolodja«, sagte Sofja Lwowna. »Lehren Sie mich, daß ich ihrem Beispiel folge. Ich bin zwar ungläubig und werde nie ins Kloster gehen, kann aber doch wohl etwas tun, was dem gleichkäme. Mein Leben ist nicht leicht«, fuhr sie nach einer Pause fort. »Belehren Sie mich doch. Sagen Sie mir etwas Überzeugendes, nur ein Wort.«

»Ein Wort? Ich bitte sehr: Tararabumdiä.«

»Wolodja, weshalb verachten Sie mich?« fragte sie lebhaft. »Sie sprechen zu mir in einer besonderen, verzeihen Sie, geckenhaften Sprache, wie man mit seinen Freunden und anständigen Frauen nicht zu sprechen pflegt. Sie haben Erfolg als Gelehrter, Sie lieben die Wissenschaft, warum sprechen Sie aber mit mir nie von der Wissenschaft? Warum? Bin ich unwürdig?«

Wolodja der Kleine verzog verärgert das Gesicht und sagte: »Warum verlangen Sie plötzlich nach der Wissenschaft? Wollen Sie vielleicht auch eine Verfassung? Oder vielleicht gar Stockfisch mit Meerrettich?«

»Also gut, ich bin eine unbedeutende, schlechte, prinzipienlose, beschränkte Frau ... Ich habe eine Menge Fehler, ich bin überspannt und verdiene jede Verachtung. Sie sind aber zehn Jahre älter als ich, Wolodja, und mein Mann ist dreißig Jahre älter. Ich bin vor Ihren Augen aufgewachsen, und Sie hätten, wenn Sie gewollt hätten, alles aus mir machen können, sogar einen Engel. Aber Sie ...« – ihre Stimme zitterte –, »Sie behandeln mich schrecklich. Jagitsch hat mich als alter Mann geheiratet, und Sie ...«

»Genug, genug«, sagte Wolodja, näher rückend und ihr beide Hände küssend. »Wir wollen es den Schopenhauers überlassen, zu philosophieren und Beliebiges zu beweisen; wir wollen nur Ihre Händchen küssen.«

»Sie verachten mich und wissen gar nicht, wie sehr ich darunter leide!« sagte sie unsicher, denn sie wußte im voraus, daß er es ihr nicht glauben würde. »Wenn Sie aber wüßten, wie sehr ich eine andere werden und ein neues Leben beginnen möchte! Ich denke mit Begeisterung daran«, sagte sie, während ihr vor Begeisterung wirklich Tränen in die Augen traten. »Ich will ein guter, ehrlicher Mensch sein, niemals lügen, ein Lebensziel haben ...«

»Bitte, bitte, spielen Sie keine Komödie! Ich mag das nicht!« sagte Wolodja mit unzufriedener Miene. »Ganz wie auf der Bühne. Wir wollen uns wie Menschen benehmen.«

Damit er nicht böse wurde und nicht wegging, fing sie an, sich zu rechtfertigen und ihm zuliebe zu lächeln. Dann brachte sie aber wieder die Rede auf Olja und darauf, wie gern sie alle Lebensfragen lösen und ein Mensch werden würde.

»Ta – ra – ra – bumdiä«, sang er leise. »Tara – ra – bumdiä!«

Und plötzlich nahm er sie um die Taille. Sie aber legte ihm, ohne zu wissen, was sie tat, beide Hände auf die Schultern und sah eine Minute lang entzückt, wie berauscht auf sein kluges, spöttisches Gesicht, auf seine Augen und auf seinen schönen Bart.

»Du weißt es ja schon selbst längst, wie ich dich liebe!« gestand sie ihm. Sie errötete schmerzlich und fühlte, wie sich sogar ihre Lippen vor Scham verzerrten. »Ich liebe dich. Warum quälst du mich?« Sie schloß die Augen und küßte ihn fest auf den Mund. Lange, vielleicht eine ganze Minute lang, konnten sie diesen Kuß nicht abbrechen, obwohl sie wußte, wie unanständig es war, daß er selbst sie verurteilen würde und das Dienstmädchen hätte hereinkommen können. »Oh, wie du mich quälst!« wiederholte sie.

Als er nach einer halben Stunde, nachdem er das, was er hatte haben wollen, bekommen hatte, im Eßzimmer saß und aß, lag sie vor ihm auf den Knien und blickte ihm gierig in die Augen; und er sagte ihr, daß sie einem Hündchen gleiche, das auf ein Stückchen Schinken warte. Dann setzte er sie sich auf die Knie, wiegte sie wie ein Kind und sang: »Tara – rabumdiä, tara – rabumdiä!«

Und als er sich verabschiedete, fragte sie ihn mit leidenschaftlicher Stimme: »Wann? Heute? Wo?« Und sie streckte beide Hände nach seinem Mund aus, als wollte sie die Antwort mit den Händen auffangen.

»Heute wird es kaum gehen«, sagte er, nachdem er etwas nachgedacht hatte. »Vielleicht morgen.«

Und sie trennten sich. Vor dem Essen fuhr Sofja Lwowna ins Kloster, aber man sagte ihr, daß Olja irgendwo bei einer Leiche die Psalmen lese. Vom Kloster fuhr sie zu ihrem Vater und traf auch ihn nicht an. Dann wechselte sie die Droschke und begann, planlos durch die Straßen und Gassen zu fahren. So fuhr sie bis zum Abend, wobei sie aus irgendeinem Grund an jene Tante mit den verweinten Augen denken mußte, die gleichfalls keinen Ort für sich hatte finden können.

Nachts fuhren sie aber wieder mit einer Troika und hörten Zigeunergesang in einem Vorstadtrestaurant. Und als sie am Kloster vorbeifuhren, dachte Sofja Lwowna wieder an Olja, und es wurde ihr unheimlich beim Gedanken, daß es für die Frauen und Mädchen ihrer Kreise keinen anderen Ausweg gab, als unaufhörlich Troika zu fahren oder ins Kloster zu gehen und das Fleisch abzutöten ... Am nächsten Tag hatte sie aber eine Zusammenkunft mit Wolodja, und Sofja Lwowna fuhr wieder allein mit einer Droschke durch die Stadt und dachte an die Tante.

Nach acht Tagen gab ihr Wolodja der Kleine den Laufpaß. Und dann begann wieder ein langweiliges, uninteressantes und zuweilen auch qualvolles Leben. Der Oberst und Wolodja der Kleine spielten stundenlang Billard und Piquet. Rita erzählte langweilig und fade ihre Witze, Sofja Lwowna fuhr mit Droschken herum und bat ihren Mann, wieder einmal Troika mit ihr zu fahren. Fast jeden Tag ging sie ins Kloster, setzte Olja zu, beklagte sich über ihre unerträgliche Qual und weinte. Dabei hatte sie das Gefühl, etwas Unreines, Jämmerliches, Abgelebtes in die Klosterzelle hineinzubringen. Olja aber sagte mechanisch, wie man eine Lektion aufzusagen pflegt, daß alles keine Bedeutung habe, alles vergänglich sei und Gott ihr verzeihen werde.

— Von der Liebe —

Zum Frühstück gab es ausgezeichnete Pasteten, Krebse und Hammelkoteletts. Während man am Tisch saß, kam der Koch Nikanor herauf, um zu fragen, was die Gäste zum Mittag wünschten. Er war ein Mann von mittlerem Wuchs mit aufgedunsenem Gesicht und kleinen Augen. Das Gesicht war bartlos, sah aber so aus, als ob der Schnurrbart nicht wegrasiert, sondern ausgerupft wäre.

Aljochin erzählte, daß die hübsche Pelageja in diesen Koch verliebt sei. Sie wolle den Säufer und Raufbold nicht heiraten, sei aber bereit, »einfach so« mit ihm zu leben. Er sei jedoch sehr religiös, und seine Überzeugungen gestatteten ihm nicht, »einfach so« mit ihr zu leben; er bestehe darauf, daß sie ihn heirate, und wenn er betrunken sei, so beschimpfe er sie und schlage sie sogar. Sooft er betrunken sei, flüchte sie hinauf und weine, und in solchen Fällen blieben Aljochin und die Dienstboten stets zu Hause, um sie im Notfall in Schutz zu nehmen. So kam das Gespräch auf die Liebe.

»Wie die Liebe entsteht«, sagte Aljochin, »warum Pelageja sich nicht in einen anderen Mann, dessen seelische und äußere Eigenschaften besser zu ihr passen, sondern gerade in Nikanor, diese Schnauze« – man nannte ihn hier überall »Nikanor die Schnauze« –, »verliebt hat; inwiefern für die Liebe Gründe des persönlichen Glücks maßgebend sind, all das ist unbekannt, und jedem steht frei, diese Frage in jedem beliebigen Sinne zu behandeln. Von der Liebe ist bisher nur eine einzige unbestreitbare Wahrheit gesagt worden, nämlich, daß ›dieses Geheimnis groß ist‹; doch alles übrige, was von der Liebe je gesprochen oder geschrieben wurde, ist keine Lösung, sondern nur eine neue Formulierung der Fragen, die stets ungelöst bleiben. Eine Erklärung, die für einen bestimmten Fall zu taugen scheint, taugt für zehn andere Fälle gar nicht. Das beste ist wohl, so glaube ich wenigstens, jeden einzelnen Fall für sich zu behandeln und Verallgemeinerungen zu vermeiden. Man muß, um mit den Ärzten zu sprechen, die Fälle individualisieren.«

»Sehr richtig«, bemerkte Burkin.

»Wir anständige Russen haben stets eine Vorliebe für solche Fragen, die ungelöst bleiben müssen. Sonst pflegt man die Liebe zu poetisieren und mit Rosen und Nachtigallen auszuschmücken; aber wir schmücken unsere Liebe nur mit diesen schicksalsschweren Fragen aus, wobei wir die uninteressantesten unter ihnen auswählen. Als ich noch Student in Moskau war, hatte ich ein Verhältnis mit einer recht lieben Dame, die jedesmal, wenn sie in meinen Armen lag, nur daran dachte, wieviel Geld ich ihr monatlich geben würde und was jetzt das Rindfleisch kostete. So sind auch wir. Wenn wir lieben, beschäftigen wir uns fortwährend mit ähnlichen Fragen: ob es anständig oder unanständig von uns ist, ob klug oder dumm, wohin diese Liebe führen kann und so weiter. Ob das gut ist oder nicht, weiß ich nicht; aber ich weiß, daß es stört und ärgert und jeden Genuß verleidet.«

Man hatte den Eindruck, daß er etwas erzählen wollte. Menschen, die zurückgezogen leben, haben immer etwas auf dem Herzen, was sie gern erzählen möchten. Daher gehen

Junggesellen so gern ins Dampfbad oder ins Restaurant, um ihr Herz auszuschütten und den Bademeistern und Kellnern Geschichten zu erzählen, die zuweilen sehr interessant sind; und auf dem Land schütten solche Menschen ihr Herz vor den Gästen aus. Aus dem Fenster sah man einen trostlos grauen Himmel und vom Regen durchnäßte Bäume. Bei so einem Wetter konnte man wirklich nichts Besseres anfangen, als zu erzählen oder zuzuhören.

»Ich lebe hier in Sofjino und bewirtschafte dieses Gut seit vielen Jahren«, begann Aljochin, »seit ich die Universität absolviert habe. Meiner Erziehung nach bin ich Faulenzer, meinen Neigungen nach Stubenhocker und Bücherwurm. Als ich herkam, war das Gut arg verschuldet, und da mein Vater diese Schulden gemacht hatte, um mir die beste Erziehung geben zu können, faßte ich den Entschluß, hierzubleiben und zu arbeiten, bis ich alle Schulden bezahlt haben würde. Das hatte ich mir vorgenommen und stürzte mich in die Arbeit – offen gestanden, nicht ohne einigen Widerwillen. Der Boden ist hier wenig ergiebig, und wenn man ihn ohne Verlust bewirtschaften will, muß man entweder leibeigene oder gedungene Landarbeiter – es kommt ja auf dasselbe hinaus – beschäftigen oder aber die Wirtschaft auf Bauernart betreiben, das heißt, selbst mit seiner ganzen Familie auf dem Feld arbeiten. Einen Mittelweg gibt es nicht.

Damals machte ich aber keine so feinen Unterschiede. Ich ließ kein Fleckchen Boden unbestellt, trieb alle Männer und Frauen aus den nächsten Dörfern zusammen, und die Arbeit ging wie geschmiert. Ich pflügte, säte und mähte mit eigenen Händen, langweilte mich aber dabei und rümpfte oft die Nase wie eine Dorfkatze, wenn sie vor lauter Hunger im

Gemüsegarten Gurken frißt. Mein ganzer Körper war wie zerschlagen, und ich schlief oft im Stehen. In der ersten Zeit glaubte ich dieses Arbeitsleben mit den Gewohnheiten eines Kulturmenschen vereinen zu können: Ich glaubte, daß es dafür genüge, eine gewisse äußere Ordnung in seinem Leben einzuhalten. Ich bewohnte die Paraderäume im Obergeschoß, ließ mir nach jeder Mahlzeit Kaffee mit Likör reichen und las allabendlich vor dem Einschlafen den *Europäischen Boten*.

Einmal besuchte mich aber unser Dorfpope P. Iwan und trank auf einen Zug all meine Liköre aus. Und der *Europäische Bote* befand sich von nun an ständig in Händen der Popentöchter. Während der Erntezeit war ich immer so müde, daß ich fast nie ins Bett kam, sondern in einem Schlitten, der in der Scheune stand, oder in einer Waldhütte einschlief. Wie konnte ich da ans Lesen denken? So siedelte ich allmählich in die unteren Räume über, aß mit dem Hausgesinde in der Küche zu Mittag, und von allem früheren Prunk blieb mir nur diese Dienerschaft zurück, die ich noch von meinem Vater geerbt habe und die zu entlassen ich nicht übers Herz bringen konnte.

Gleich im ersten oder zweiten Jahr wurde ich zum Ehren-Friedensrichter gewählt. Nun mußte ich ab und zu in die Stadt fahren, um an den Sitzungen des Bezirksgerichts teilzunehmen. Das brachte einige Abwechslung in mein Leben. Wenn man hier so an die zwei, drei Monate ununterbrochen gelebt hat, besonders im Winter, sehnt man sich schließlich nach einem Gehrock. Im Bezirksgericht gab es aber Gehröcke, Uniformen und Fräcke in Hülle und Fülle; lauter Juristen mit Hochschulbildung, also Menschen, mit denen ich sprechen konnte. Nach den Nächten im Schlitten und in der

Scheune und dem Essen in der Küche war es ein ganz beson-
derer Genuß, in reiner Wäsche und leichten Schuhen, mit
einer Richterkette auf der Brust, in einem weichen Lehnsessel
zu sitzen.

In der Stadt wurde ich überall freundlich empfangen und
schloß gern Bekanntschaften. Darunter war mir, offen gestanden, die Bekanntschaft mit dem Vizepräsidenten des Bezirksgerichts, Luganowitsch, die angenehmste. Sie kennen ihn ja
beide: Er ist ein reizender Mensch. Es war gleich nach dem
berühmten Brandstifterprozeß; die Verhandlungen hatten
zwei Tage gedauert, und wir waren beide todmüde. Luganowitsch blickte mich an und sagte: ›Wissen Sie, was? Kommen
Sie doch zu mir zum Mittagessen.‹

Das kam sehr unerwartet, denn wir kannten uns nur rein
formell, und ich war noch kein einziges Mal bei ihm zu Hause gewesen. Ich ging also in mein Hotel, zog mich um und
begab mich zu ihm. Bei dieser Gelegenheit lernte ich seine
Frau, Anna Alexejewna, kennen. Sie war damals noch sehr
jung, kaum über zweiundzwanzig, und hatte erst ein halbes
Jahr zuvor ihr erstes Kind zur Welt gebracht. Das Ganze
gehört ja schon der Vergangenheit an, und ich kann heute
gar nicht sagen, was an ihr so ungewöhnlich war, daß es so
einen Eindruck auf mich machte. Damals beim Mittagessen
war es mir aber vollkommen klar. Ich sah eine junge, hübsche,
gute, gebildete, entzückende Frau vor mir, wie ich noch nie
eine gesehen hatte. Und ich fühlte sofort ein so verwandtes
und vertrautes Wesen in ihr, als hätte ich ihr Gesicht mit den
freundlichen, klugen Augen in meiner Kindheit schon einmal
in dem Fotoalbum gesehen, das auf der Kommode meiner
Mutter lag.

Im Brandstifterprozeß wurden vier Juden verurteilt, wobei man als straferschwerend, meiner Ansicht nach zu Unrecht, die Existenz einer bandenartigen Organisation unterstellte. Während des Essens sprach ich die ganze Zeit vom Prozeß und regte mich sehr auf. Es war mir so schwer ums Herz, und ich weiß nicht mehr, was ich alles zusammenredete. Aber ich weiß noch, wie Anna Alexejewna fortwährend den Kopf schüttelte und zu ihrem Mann sagte: ›Dmitrij, wie ist es nur möglich?‹

Luganowitsch war im Grunde genommen gutmütig, hielt aber hartnäckig an der Ansicht fest, daß ein Mensch, der vor Gericht stand, unbedingt der Schuldige war und daß man seine Zweifel am Urteil nur auf dem vorgeschriebenen Instanzenweg und schriftlich, keineswegs aber in einem Privatgespräch beim Mittagessen äußern durfte. ›Wir beide haben ja keine Brandstiftung begangen‹, sagte er mild, ›wir stehen nicht vor Gericht und kommen auch nicht ins Zuchthaus.‹

Alle beide, Mann und Frau, nötigten mich, möglichst viel zu essen und zu trinken. Aus verschiedenen Kleinigkeiten, wie sie zum Beispiel gemeinsam den Kaffee zubereiteten und wie gut sie einander fast ohne Worte verstanden, konnte ich schließen, daß sie glücklich und friedlich zusammenlebten und sich über jeden Gast von Herzen freuten. Nach dem Essen spielte man vierhändig Klavier, und als es dunkel wurde, nahm ich Abschied und fuhr heim. Das war in den ersten Frühlingstagen. Den folgenden Sommer verbrachte ich ohne Unterbrechung in Sofjino und hatte gar keine Zeit, an die Stadt zu denken. Doch die Erinnerung an die schlanke, blonde Frau lebte all diese Tage in mir. Ich dachte eigentlich gar nicht an sie, aber die Erinnerung ruhte wie ein leichter Schatten auf meiner Seele.

Im Spätherbst fand in der Stadt eine Wohltätigkeitsvorstellung statt. Der Gouverneur ließ mich in seine Loge bitten; als ich während eines Zwischenakts eintrat, sah ich neben der Gouverneurin Anna Alexejewna sitzen. Und wieder geriet ich in den Bann ihrer Schönheit und ihrer lieben, freundlichen Augen, und von neuem überkam mich das Gefühl der seelischen Nähe. Wir saßen nebeneinander und gingen nachher zu zweit im Foyer auf und ab.

›Sie sind etwas abgemagert‹, sagte sie. ›Waren Sie krank?‹

›Ja. Ich habe rheumatische Schmerzen in der Schulter und kann bei Regenwetter fast gar nicht schlafen.‹

›Sie sehen wirklich schlecht aus. Damals im Frühjahr, als Sie bei uns zu Mittag aßen, schienen Sie jünger und rüstiger. Sie waren aufgeregt, sprachen sehr viel und interessant, und ich muß gestehen, daß Sie Eindruck auf mich gemacht haben. Aus irgendeinem Grund mußte ich im Laufe des Sommers oft an Sie denken; auch heute, vor dem Theater, kamen Sie mir in den Sinn, und ich hatte das Gefühl, daß ich Sie hier treffen werde.‹ Sie lachte. ›Aber heute sehen Sie schlecht aus‹, wiederholte sie. ›Das macht Sie älter, als Sie sind.‹

Am folgenden Tag frühstückte ich bei den Luganowitschs. Nach dem Frühstück fuhren sie zu ihrer Sommerwohnung hinaus, um allerlei Anordnungen für den Winter zu treffen, und ich begleitete sie. Dann kehrte ich mit ihnen in die Stadt zurück und trank bei ihnen um Mitternacht, im friedlichsten Familienkreis, Tee. Im Kamin brannte ein lustiges Feuer, und die junge Mutter ging jeden Augenblick hinaus, um zu sehen, ob ihre Kleine ruhig schlief. Sooft ich später in die Stadt kam, besuchte ich regelmäßig die Luganowitschs. Sie gewöhnten sich an mich und ich mich an sie. Meistens erschien ich unangemeldet, wie ein naher Verwandter.

›Wer ist da?‹ hörte ich aus einem fernen Zimmer die gedehnte Stimme, die mir damals so schön erschien.

›Es ist Pawel Konstantinowitsch‹, antwortete das Dienstmädchen oder die Kinderfrau.

Anna Alexejewna kam mir mit etwas besorgtem Gesicht entgegen und fragte jedesmal: ›Warum hat man Sie so lange nicht gesehen? Ist etwas passiert?‹

Ihr Blick, die schöne, vornehme Hand, die sie mir reichte, ihr Hauskleid, ihre Frisur, ihre Stimme und der Klang ihrer Schritte machten jedesmal den Eindruck von etwas Neuem, Ungewöhnlichem und sehr Wichtigem auf mich. Wir verbrachten die Zeit in langen Gesprächen und auch in langem Schweigen, wobei ein jeder das Seinige dachte; oder sie spielte mir etwas vor. Wenn aber niemand zu Hause war, so blieb ich da und wartete. Ich unterhielt mich mit der Kinderfrau, spielte mit der Kleinen oder lag auf dem türkischen Sofa im Herrenzimmer und las eine Zeitung. Wenn Anna Alexejewna nach Hause kam, empfing ich sie im Vorzimmer, nahm ihr all ihre Pakete ab und trug sie mit solcher Liebe, mit solchem Triumph ins Zimmer, als wäre ich ein verliebter Knabe.

Ein russisches Sprichwort sagt: ›Die Frau hatte zu wenig Sorgen und schaffte sich darum ein Ferkel an.‹ Die Luganowitschs hatten zu wenig Sorgen und machten darum meine Bekanntschaft. Wenn ich einmal lange ausblieb, hieß es gleich, daß ich krank oder mir etwas zugestoßen sei, und beide waren dann sehr besorgt um mich. Es bereitete ihnen

auch Sorge, daß ich, ein gebildeter Mann mit großen Sprach-
kenntnissen, statt mich mit Wissenschaft oder Literatur zu
beschäftigen, draußen auf dem Land lebte, mich abrackerte
und dabei meistens kein Geld hatte. Sie glaubten, daß ich
sehr darunter litt und wenn ich sprach, lachte oder aß, es
nur dazu tat, um meine Qualen zu verbergen. Selbst in den
lustigsten Augenblicken, wenn mir wirklich wohl zumute war,
fühlte ich ihre prüfenden und besorgten Blicke auf mir ruhen.
Besonders rührend benahmen sie sich, wenn ich wirklich irgendwelche Schwierigkeiten hatte, wenn mich ein Gläubiger
bedrängte oder mir das Geld für eine fällige Zahlung fehlte.
Mann und Frau flüsterten einige Minuten am Fenster, dann
ging er mit ernstem Gesicht auf mich zu und sagte: ›Pawel
Konstantinowitsch, wenn Sie augenblicklich Geld brauchen,
so bitten wir Sie, sich nicht zu genieren und von uns zu nehmen.‹ Vor Aufregung wurden ihm dabei die Ohren rot.

Es kam auch vor, daß er, nachdem er so mit seiner Frau
am Fenster getuschelt hatte, mit roten Ohren auf mich zu-
ging und sagte: ›Meine Frau und ich bitten Sie, dieses kleine
Geschenk von uns anzunehmen.‹ Und er überreichte mir ein
Paar Manschettenknöpfe, ein Zigarettenetui oder eine Tisch-
lampe. Ich revanchierte mich mit Geflügel, Butter und Blumen
von meinem Gut. Ich muß bemerken, daß sie recht wohlha-
bend waren. In der ersten Zeit machte ich große Schulden
und war darin wenig wählerisch: Ich nahm Geld, wo immer
ich es mir verschaffen konnte. Aber keine Macht der Welt
hätte mich zwingen können, von den Luganowitschs etwas
zu borgen. Was soll ich noch viel davon sprechen …

Ich war nicht glücklich. Zu Hause, auf dem Feld und in
der Scheune dachte ich nur an sie und gab mir Mühe, das Ge-

heimnis der jungen, schönen und klugen Frau zu erraten, die mit einem uninteressanten alten Mann (er war damals über vierzig) verheiratet war und von ihm Kinder hatte; das Geheimnis dieses uninteressanten, gutmütigen und treuherzigen Mannes zu ergründen, der über alle Dinge so vernünftig und langweilig sprach, auf Bällen und bei Abendunterhaltungen im Kreise der älteren soliden Herren, langweilig und überflüssig, mit einem Ausdruck von Demut und Teilnahmslosigkeit saß und dabei doch an sein Recht, glücklich zu sein und von dieser Frau Kinder zu haben, glaubte. Ich versuchte immer zu begreifen, warum sie ihm und nicht mir begegnet war und wem dieser verhängnisvolle Fehler in unserem Leben etwas nützen konnte.

Und sooft ich in die Stadt kam, las ich in ihren Augen, daß sie mich erwartet hatte. Manchmal gestand sie mir auch selbst, daß sie schon vom frühen Morgen an eine eigentümliche Vorahnung gehabt habe. Wir sprachen und schwiegen stundenlang; wir gestanden uns aber unsere Liebe nicht ein und verheimlichten sie scheu und eifersüchtig. Wir fürchteten alles, was unsere Liebe uns selbst hätte enthüllen können. Ich liebte sie zärtlich und tief. Doch hatte ich allerlei Bedenken und fragte mich, wozu unsere Liebe führen konnte, wenn wir nicht die Kraft hätten, sie in uns niederzuringen. Es erschien mir als unwahrscheinlich und unmöglich, daß meine stille, traurige Liebe dem glücklichen Leben ihres Mannes, ihrer Kinder und des ganzen Hauses, wo man mich so sehr liebte und mir so vertraute, ein rohes und jähes Ende bereiten könnte. Wäre das anständig gewesen? Sie wäre mir wohl gefolgt; doch wohin? Wohin hätte ich sie führen können?

Wenn ich wenigstens ein schönes, interessantes Leben

gehabt hätte, wenn ich zum Beispiel für die Befreiung meiner Heimat gekämpft hätte oder ein berühmter Gelehrter, Schauspieler oder Maler gewesen wäre; so aber hätte ich sie aus einer gewöhnlichen und alltäglichen Umgebung in eine ähnliche, womöglich noch gewöhnlichere gebracht. Und wie lange hätte unser Glück gedauert? Was wäre im Falle meiner Krankheit oder meines Todes aus ihr geworden oder wenn unsere Liebe ein Ende genommen hätte?

Sie schien die gleichen Zweifel zu hegen. Sie dachte viel an ihren Mann, an ihre Kinder und an ihre Mutter, die den Schwiegersohn wie einen eigenen Sohn liebte. Wenn sie sich ihrem Gefühl hingegeben hätte, hätte sie entweder lügen oder die Wahrheit sagen müssen; in ihrer Lage war aber beides gleich entsetzlich und unbequem. Auch sie quälte sich mit der Frage, ob ihre Liebe mir Glück bringen würde, ob sie mein Leben, das ohnehin schon schwer und voller Mißerfolge war, nicht noch schwieriger gestalten würde. Sie glaubte, daß sie nicht jung genug für mich war, nicht fleißig und energisch genug, um ein neues Leben zu beginnen, und oft sagte sie zu ihrem Mann, daß es gut wäre, wenn ich ein kluges und meiner würdiges junges Mädchen heiratete, das eine gute Hausfrau und eine getreue Helferin sein müßte; gleichzeitig fügte sie aber hinzu, daß in der ganzen Stadt wohl kein einziges solches Mädchen zu finden sei.

So gingen die Jahre dahin. Anna Alexejewna hatte bereits zwei Kinder. Wenn ich zu den Luganowitschs kam, lächelten mir die Dienstboten freundlich zu, die Kinder schrien, daß Onkel Pawel Konstantinowitsch gekommen sei, und fielen mir um den Hals, und alle freuten sich. Niemand wußte, was in meinem Innersten vorging, und alle glaubten, daß auch ich mich freute. Alle hielten mich für einen edlen Menschen. Die Erwachsenen und die Kinder hatten das Gefühl, daß in ihrem Haus ein edler Mensch zugegen war, und das verlieh ihren Beziehungen zu mir einen ganz besonderen Reiz, als wäre ihr Leben in meiner Gegenwart edler und schöner. Anna Alexejewna und ich besuchten oft das Theater und gingen jedesmal zu Fuß hin; wir saßen im Parkett nebeneinander, unsere Schultern berührten sich, ich nahm schweigend das Opernglas aus ihren Händen und fühlte in diesen Augenblikken, daß sie mir nahe war, daß sie mir gehörte, daß wir ohne einander gar nicht leben konnten; aber wenn das Theater zu Ende war, trennten wir uns wie Fremde; es war wie ein seltsames Mißverständnis. In der Stadt wurde bereits manches über uns gemunkelt; doch an allem Gerede war kein einziges Wort wahr.

In den folgenden Jahren reiste Anna Alexejewna öfter fort, bald zu ihrer Mutter, bald zu ihrer Schwester. Oft war sie schlechter Laune und hatte wohl das Gefühl, daß ihr Leben verfehlt sei. In solchen Augenblicken wollte sie weder ihren Mann noch ihre Kinder sehen. Sie war bereits soweit, daß sie sich von Nervenärzten behandeln lassen mußte. Wir schwiegen fast immer. In Gegenwart von Fremden hatte sie meist eine seltsam gereizte Stimmung gegen mich; was ich auch sagen mochte, stets widersprach sie mir, und wenn ich mit jemandem stritt, ergriff sie Partei für meinen Gegner. Wenn ich etwas fallenließ, sagte sie kühl: ›Ich gratuliere Ihnen.‹ Wenn ich mit ihr ins Theater ging und das Opernglas mitzunehmen vergaß, sagte sie: ›Ich wußte, daß Sie es vergessen werden.‹

Zum Glück oder Unglück gibt es nichts in unserem Leben, was nicht früher oder später ein Ende nähme. Luganowitsch wurde zum Präsidenten ernannt und in eines der westlichen Gouvernements versetzt; wir mußten uns trennen. Die Luganowitschs verkauften nun ihre Möbel, Pferde und die Sommerwohnung. Als wir aufs Land hinausfuhren und auf dem Rückweg zum letztenmal auf den Garten und das grüne Dach der Sommerwohnung zurückblickten, war es uns allen sehr traurig zumute, und ich begriff, daß ich nicht nur von der Sommerwohnung allein Abschied nehmen mußte. Es wurde beschlossen, daß Anna Alexejewna auf ärztlichen Rat hin Ende August auf die Krim fahren und Luganowitsch mit den Kindern erst danach in das westliche Gouvernement ab-reisen sollte.

In großer Gesellschaft begleiteten wir Anna Alexejewna zum Zug. Als sie bereits von ihrem Mann und den Kindern Abschied genommen hatte und jeden Augenblick das dritte Glockenzeichen ertönen mußte, sprang ich noch zu ihr ins Coupé hinein, um ein Körbchen, das sie vergessen hatte, ins Gepäcknetz zu legen; und nun mußte ich von ihr Abschied nehmen. Als unsere Blicke sich begegneten, ließen uns all unsere Kräfte im Stich. Ich umarmte sie, sie schmiegte ihr Gesicht an meine Brust, und Tränen liefen ihr die Wangen hinab. Ich bedeckte ihr tränenfeuchtes Gesicht, ihre Schul-tern und Hände mit Küssen. Mein Gott, wie unglücklich wa-ren wir beide! Ich gestand ihr meine Liebe und sah erst jetzt mit brennendem Weh im Herzen ein, wie nichtig, trügerisch und unnötig alles war, was unserer Liebe im Wege stand. Ich begriff, daß man an wichtigere Dinge als an Glück und Un-glück, Tugend und Sünde im landläufigen Sinne oder über-haupt nicht denken soll, wenn man liebt.

Ich küßte sie zum letztenmal, drückte ihr die Hand, und

wir trennten uns für immer. Der Zug war bereits abgefahren. Ich setzte mich ins Nachbarcoupé, das zufällig leer war, und saß bis zur nächsten Station da und weinte. Und dann ging ich zu Fuß nach Sofjino heim ...«

Während Aljochin erzählte, hatte der Regen aufgehört, und die Sonne war zum Vorschein gekommen. Burkin und Iwan Iwanowitsch traten auf den Balkon hinaus; die Aussicht auf den Garten und den Teich, der in der Sonne wie ein Spiegel glänzte, war wunderschön. Sie genossen die Aussicht und dachten zugleich mit Mitleid an diesen Mann mit den klugen und guten Augen, der ihnen so offenherzig seine Geschichte erzählt hatte und der sich auf diesem Riesengut abrackerte, statt sich mit Wissenschaft oder anderen Dingen, die sein Leben angenehmer hätten gestalten können, abzugeben; und sie dachten daran, was für ein trauriges Gesicht die junge Dame gehabt haben mußte, als er im Coupé von ihr Abschied nahm und ihr Gesicht und ihre Schultern küßte. Beide hatten sie öfter in der Stadt gesehen, und Burkin war sogar mit ihr bekannt und fand sie hübsch.

—

NACHWORT

Anton Pawlowitsch Tschechow war nicht der Mann, der einen über Liebe und Glück belehren wollte. Es wäre kläglich, meinte er, wenn man die Literatur der Willkür persönlicher Ansichten preisgäbe, und auch ein Künstler solle nur darüber urteilen, wovon er etwas verstehe. Und überhaupt – war er ein Künstler? Keiner der großen russischen Autoren hat so lange daran gezweifelt wie Tschechow. Aber auch kaum einer kam auf so sonderbaren Wegen dazu, Schriftsteller zu werden.

Tschechow wurde 1860 im provinziellen Taganrog geboren, als Enkel eines freigekauften Leibeigenen und Sohn eines kleinen Ladenbesitzers, der sein Geschäft miserabel führte, aber ein fanatischer Kirchenbesucher und ein tyrannischer Vater war. Anton war sechzehn und Gymnasiast, als sein Vater vor seinen Gläubigern nach Moskau floh und er auf sich allein gestellt war. Ihm blieb ein Zimmer, den Lebensunterhalt verdiente er sich mit Nachhilfestunden.

Seine Kindheit, die Tschechow später mit einem Straflager verglich, machte ihn paradoxerweise zum Humoristen. Schon früh zeigte er ein parodistisches Talent, und als er mit neunzehn nach Moskau kam und sich um seine Eltern und seine jüngeren Geschwister kümmern mußte, begann er für Zeitschriften lustige, kurze Erzählungen zu verfassen. Tagsüber studierte er Medizin, abends ging er seinem Broterwerb, dem Schreiben, nach. Er schrieb für ein lächerlich geringes Zeilenhonorar, mit genauen Längenvorgaben und in einem klar definierten Genre: Die Zeitschriften forderten einfachen Unterhaltungsstoff. Daß Tschechow nebenbei dieses Genre neu erfand und in halsbrecherischem Tempo Erzählungen verfaßte, die zu einem guten Teil zeitlos blieben, schien lange niemandem aufzufallen.

Die Wende ist legendär geworden. Tschechow erhält im März 1886 einen Brief des Schriftstellers Dmitrij Grigorowitsch, der ihn eindringlich auffordert, sein Talent ernster zu nehmen und anstelle des Pseudonyms A. Tschechonte – eines Spitznamens aus der Schule – den eigenen Namen zu verwenden. Tschechow war mittlerweile sechsundzwanzig Jahre alt und ausgebildeter Arzt, doch war er erschüttert wie ein kleiner Junge: Noch nie habe er länger als vierundzwanzig Stunden an einer Erzählung geschrieben, noch nie sei er auf die Idee gekommen, seine Literatur habe als solche irgendeinen Wert. Und noch Jahre später wird er sich als schriftstellerischen »Banausen« bezeichnen, der »keine einzige Zeile« geschrieben habe, die »in meinen Augen ernsthafte literarische Bedeutung besäße«. Da sind einerseits seine Ansprüche, denen er nicht zu genügen glaubt, andererseits die immer wieder geäußerte Kritik, es gebe in seinen Texten keine Prinzipien, ja keine Moral. Er weist dies heftig zurück, meint aber manchmal selbst, seine Schriftstellergeneration sei wenig wert, da sie »kein Ziel sehe, keine Politik habe, keinen Gott und nicht einmal Angst vor Gespenstern«. Doch gelegentlich formuliert er auch positiver: »Ich möchte ein freier Künstler sein und nichts weiter, und ich bedaure, daß Gott mir nicht die Kraft gegeben hat, einer zu sein. Ich hasse Lüge und Gewalt in all ihren Erscheinungsformen.«

Tschechows Vorstellung von schriftstellerischer Freiheit ist auf den Schultern der großen Vorgänger, die im Alter fast alle zu politischen oder moralischen Predigern wurden, nur mit Zurückhaltung, Distanznahme – und Ironie umzusetzen. Die Skepsis gegenüber der Literatur bleibt: Gern nannte er, der nebenbei unentgeltlich immer auch als Arzt praktizierte, die Medizin seine Ehefrau und die Literatur seine Geliebte – sie würden sich zwar behindern, erstere werfe ihm auch »Verrat« vor, aber immerhin sei das nicht langweilig.

Bei allen Krisen bleibt Tschechow ein enorm produktiver Schriftsteller, ganz zu schweigen von seinen weit über viertausend erhaltenen Briefen. Nur eines will ihm trotz langer Anstrengung nicht gelingen: einen Roman zu schreiben. Zu nah, ja erdrückend ist das Erbe der großen Realisten, zu anders doch mittlerweile die Zeit.

In Tschechows Distanziertheit liegt sein Weg zum Drama, wo er sich – und sei es zum Schein – als Autor zurücknehmen kann. Und auch der Wandel vom Autor kurzer humoristischer Geschichten zum vielschichtigen Prosaautor geschieht nicht auf einen Schlag. Die in diesem Band versammelten Erzählungen stammen zum allergrößten Teil aus der spannenden Umbruchphase – ausgenommen die beiden letzten, die in den neunziger Jahren des 19. Jahrhunderts geschrieben wurden. Die früheste Erzählung, *Agafja*, erschien Mitte März 1886 und war eine der ersten für die Zeitschrift des bedeutenden Verlegers Suworin, eine der ersten auch unter Tschechows wirklichem Namen. Grigorowitsch erwähnte sie in seinem Brief als Beispiel für Tschechows herausragendes Talent.

Die anderen erschienen in den Jahren 1886 und 1887 (*Die Wette* zum Neujahr 1889), als Tschechow seine Ausdrucksmittel erweiterte, ohne seinen Sinn für Ironie und Komik abzulegen. Es ist die Zeit neuer Bekanntschaften in literarischen Kreisen, der wachsenden Bekanntheit vor allem in Petersburg. Da war gerade Zola in Mode, und auch Tschechow meint, ein Autor müsse »so objektiv sein wie ein Chemiker« – auch wenn seine »Objektivität« letztlich eine sehr subjektive war. 1887 reiste er auch erstmals wieder in seine Heimatstadt Taganrog, deren dumpfe Provinzialität ihn entsetzte.

Wenn Tschechow in den großen und kleinen Fragen von Liebe, Glück und Geld Interessanteres, Vielschichtigeres zu zeigen hat als andere, mag das auch an eigenen Erfahrungen liegen. Trotz seiner vielen weiblichen Bekanntschaften ist sein Beziehungsleben eher kompliziert; seine große Liebe, die Schauspielerin Olga Knipper, wird er erst viel später finden. Er war auch aufs engste vertraut mit dem Milieu von Künstlern und Literaten, in dem sich neue Geschlechterverhältnisse und Frauenrollen herausbildeten. Und was das Geld betrifft: »Ich habe nie Geld«, schreibt er, »und weil ich nie welches habe, ist das Geld mir beinahe gleichgültig.« Seine chronische Geldknappheit wird bis in die neunziger Jahre andauern; auch für die Fahrt 1887 nach Taganrog brauchte er einen Vorschuß von Suworin. Im selben Jahr hatte er jedoch auch Gelegenheit, erstmals im noblen Petersburger Hotel »Moskwa« abzusteigen. Noch ist dies ein Ausflug in eine ihm fremde Welt.

Das Besondere an Tschechows Behandlung dieser seiner Lieblingsthemen ist, daß er ein hervorragender Beobachter war und daß er gleichzeitig ein so ernsthaftes wie ironisches Verhältnis dazu hatte. Sein unbestechlicher Blick auf die Hindernisse des Alltags, die großen Wünsche, die Selbsttäuschungen und kleinen Lebenslügen verband sich mit einer Vorstellung von Glück, das vielleicht unerreichbar bleibt. Diese Verbindung lag dem Arzt, der sich selbst längst die Diagnose einer fortschreitenden Tuberkulose gestellt hatte, vielleicht nahe.

Tschechows Glücksmomente, die meist mit dem Reisen verbunden waren, bleiben in seinen Erzählungen außen vor. Seine Vorstellung wahren Glücks bildet aber den Untergrund für diese Erzählungen, seien sie eher ironisch, komisch, melancholisch oder gar tragisch. Und sogar die Tragik ist bei ihm durchzogen von der Relativität alles Menschlichen, der man letztlich nur mit Humor begegnen kann. Daß dies auch die Literatur und ihre Autoren selbst betrifft – das hat vor ihm keiner auf so geniale und zeitlose Weise zum Ausdruck gebracht.

Thomas Grob

ZUM AUTOR

Anton Pawlowitsch Tschechow wurde am 29. Januar 1860 in der südrussischen Stadt Taganrog als Sohn eines kleinen Kaufmanns geboren. Er studierte in Moskau Medizin und ernährte schon als Student mit seinen Humoresken weitgehend Eltern und Geschwister. Nach 1885 wurde er zum professionellen Schriftsteller, war aber immer wieder und unentgeltlich auch medizinisch tätig; 1890 bereiste er die Gefangeneninsel Sachalin und schrieb darüber ein Buch. Zunehmend war er erfolgreich, nach 1895 auch mit seinen Theaterstücken, die ihn weltweit zu einem der meistgespielten Dramatiker des 20. Jahrhunderts machen sollten. 1901 heiratete er die Schauspielerin Olga Knipper vom Moskauer Künstlertheater. Mit 44 Jahren starb er in Badenweiler an Turberkulose.

ZUM HERAUSGEBER

Thomas Grob ist Professor für Slavische Literaturwissenschaft an der Universität Basel. Er veröffentlichte zahlreiche Arbeiten zur russischen Literatur sowie publizistische Beiträge und ist Herausgeber des erzählerischen Werks von Iwan Bunin in deutscher Übersetzung.

ZU DEN ÜBERSETZERN

Alexander Eliasberg (1878–1924) war Publizist, Literaturvermittler und Übersetzer aus dem Russischen und Jiddischen. Er verkehrte mit bedeutenden russischen Intellektuellen seiner Zeit.

Dorothea Trottenberg, die für diesen Band die Erzählungen »Zum Zeitvertreib. Ein Datscha-Roman«, »Die Apothekerin« und »Die Wette« übersetzte, ist Slavistin und Übersetzerin klassischer und zeitgenössischer russischer Literatur, unter anderem von Lew Tolstoj, Iwan Bunin und Vladimir Sorokin. Sie lebt in Zürich.